# 記憶の果ての旅

沢村 凜

角川文庫
23497

# 目次

# 1　一人

ピンク色が向かってきた。

最初は、青空を切り取るちっぽけな丸だったのに、ぐんぐんせまってきて、目の前はもうピンク一色。このままだと、全身がすっぽりと包み込まれてしまいそうだ。

でも、まだ動いちゃいけない。

ぼくは、大きく広げた足をふんばって、ボールがさらに近づくのを待った。

いまだ。

ピンク色が鼻先に達した刹那(せつな)、かたく握った両手を思いっきり突き出した。

絶好のタイミングだった。ぼくの力はすべてしっかりボールに伝わって、ぼくはボールを、ボールはぼくを、大きく跳ね飛ばした。

跳ね飛ばされた勢いのまま、ぼくは後ろ向きに宙返りした。着地してからボールを見ると、前方の空に向かってひゅんひゅんのぼっていっていた。

少し高く打ち上げすぎたかもしれない。あれじゃあ、落ちてきたときに、屋根に強く跳ね返されて、変な方向に飛んでいくおそれがある。

でも、いいや。とにかく打ち返したんだ。それに、いまのクリーンヒットと宙返り、最高に気持ちよかった。

満足感にひたっていると、今度は黄緑色のボールが、石畳の道をごろごろと転がってきた。ぼくの背丈の二倍はあるボールをうまくよけてやりすごし、後ろにまわってから、力をこめて蹴とばした。

二度、三度、くりかえしたけど、石畳のがたがたに引っかかるのか、なかなかスピードが上がらない。最後には、全身をぶつけながら押してやった。この色のボールは、いくらさわっても飲み込まれたりしないから、安心だ。

ようやく速さを増して軽快に遠ざかっていく黄緑のボールを見送ってから、空を見上げた。

あいかわらず、ピンクのボールと黄緑のボールがぽんぽん飛び交っているなか、低いところにじっと浮かんでいるボールがあった。

数えてみると、ピンクが三つで、黄緑が七つ。

外からは見えないけれど、それぞれのボールには、だれかが閉じ込められている。相手チームのボールに長くさわりすぎると、中に吸い込まれて、しばらくは、あんなふうに空に浮かんでいなくちゃならないんだ。

つまり、一時的にゲームに参加できなくなっているやつが、ピンクチームは七人で、こっちは三人。さっきからのボールの動きを見ても、こちらがかなり優勢になっている。あと一息で勝負がつきそうだ。

張り切ってぼくは、近くにあった平屋の屋根によじのぼった。あちこちを見回していると、町の外のほうから黄緑のボールが飛んできた。屋根の端に寄って、押しつぶされそうになりながら受けとめて、来た方向に投げ返した。

街路を見下ろすと、二本右手の道を、町の中央から外に向かってピンクのボールが転がっていた。いそいで屋根から下りて、路地を抜け、道のまんなかで待ち受ける。

転がっているボールは、落ちてくるやつより長く接触してしまいがちだ。気をつけながら足の裏でばんと蹴ると、動きがとまった。もう一回蹴ると、やってきたほうに向かってゆっくりと転がりだした。あんまり動きが遅いんで、もうひと蹴りしてやりたかったけど、さっき蹴ったとき、ぐにゅりと吸い込まれそうな感触があった。危ない真似はやめておこう。

のろのろと進むボールの様子をうかがいながらついて歩いているうちに、石畳のどこかに引っかかったんだろう。ボールが小さくぽんと跳ねた。

一回跳ねたら、こっちのものだ。落下の衝撃で、また跳ねた。さっきより少しだけ高く、ぽぉんと。

ぽん、ぽぉん、ぽおん、ぽおーんと四回弾んで、ボールの底がぼくの腰の高さくらいにまで上がったとき、ひざ蹴りをくらわせた。ピンクのボールは、大砲に打ち上げられた弾みたいに、ひゅーんと飛んでいった。

（でも、「大砲」って何だっけ）

ぼくは首をひねった。

（それに、このゲームに出てくるボール、こんなに大きいのに、軽くて弾みやすすぎないか）

そんな違和感をいだいてしまうなんて、ぼくはいったい、このボールを、何とくらべているんだろう。

そのとき、ドオーンという音がして、前方で、ピンク色の光の束が空へと昇っていくのが見えた。まるで、巨大な噴水のように。逆向きの滝のように。

（でも、「噴水」って何だっけ。「滝」って……）

「やったぞ」

ぼくは飛び上がりながら、こぶしを空に突き上げた。決着がついたんだ。ぼくらのチームが勝利したんだ。

ぼくは、町の中心に向かって駆けだした。

広場に着くと、すでに大勢の人たちが集まって、にぎやかにことばをかわしていた。

「勝ったぞ」と片手を高く上げている人がいた。ぼくは、「勝ったね」といいながら、その人とぱちんと手を合わせた。

「今日は負けたけど、でも、楽しかったよ」

そんなふうにつぶやく人もいた。

「うん、楽しかった。またやろう」

その人に、別のだれかが声をかけた。

輪になって踊っている一団もいた。

「浜辺に夕焼けを見に行こう」

だれかが言い出した。いい考えだと、ぼくは思った。

「行こう、行こう」

まわりのみんなも賛成した。

ぼくたちはぞろぞろと、浜辺への道を歩きはじめた。

砂浜に着いた。海のところどころで、波頭が金白色に輝いていた。はるか彼方にたなびく雲は、あわい紫色だった。

見ているうちに、光る波頭は数を増し、やがて、金の輝きが海一面に広がった。雲はしだいに厚くなり、それにつれて色合いが華やかになっていった。海に散らばる金色も、ろうそくの炎のような、赤みを帯びた揺らめきに変わり、気がつけば、景色は薔薇色に染まっていた。

その美しさは圧倒的で、ぼくは陶然となった。隣にいただれかが「きれいだね」とささやいた。「きれいだね」とぼくは答えた。

すべての輝きが宵闇に飲み込まれてから、町に戻った。

まだうっとりとした気分のまま石畳の道を歩いていると、少し玄関が開いている家があった。扉を押して中に入り、螺旋階段を上がった。

扉のないアーチ形の入り口が並んでいた。いちばん手前のをくぐると、中はがらんとした小部屋だった。窓がひとつと、片方の壁から反対側の壁へと吊られたハンモック以外は、何もない。

だけど、ハンモックさえあればじゅうぶんだった。なにしろそれは、真ん中あたりがふわふわの寝袋みたいになっている。ハンモックというより繭みたいな、寝心地のよさそうなものだった。

（でも、「寝袋」って何だっけ。「繭」って……）

見るからにやわらかそうなふわふわに誘われて、ぼくはハンモックにもぐりこんだ。

そのときに、思った。ここは、だれの家なんだろう。ぼくは、ここで休んでもいいんだろうか。ぼくの家はどこにあるんだろう。それとも、こんなに自然にやってきたのだから、ここがぼくの家で、ぼくの部屋なんだろうか。だとしたら、ぼくの家族はどこにいるんだろう。

（でも、「家族」って何だっけ）

切れ切れの疑問は、浮かぶと同時に、てのひらに落ちる淡雪のように溶けて消えた。

（でも、「淡雪」って何だっけ）

ハンモックの中は、あたたかくて、やわらかくて、ぼくはすぐに何も考えられなくなった。

だれかの声が聞こえた気がしてハンモックを出ると、部屋の中はすっかり明るくなっていた。ひとつだけある窓から入り込んだ光が、部屋の隅々までを照らしている。

また声がした。女の子の声だ。窓からのぞくと、あちこちの家に向かって呼びかけながら歩いてくる姿があった。

「丘にのぼりましょう。きっと、花畑がきれいよ」

丘にのぼる——いい考えだとぼくは思った。

「行くよ」と窓の外に叫んでから、螺旋階段を駆け下りた。

道に出ると、女の子といっしょに何人もが歩いていた。ぼくも、その人たちといっしょに、町の広場を抜けて海と反対のほうへと向かい、丘にのぼった。

丘の上の草地には、色とりどりの花が咲いていた。

ぼくたちは、しばらくその景色に見とれてから、大きな輪をつくって、歌いながら踊った。みんなで声を合わせてひとつの歌をうたうのは楽しい。からだを動かして踊るのも、楽しい。

いつからか、歌と踊りが速度を増していった。足もとからさまざまな色の花びらが舞い上がった。ぼくたちは、すごい勢いでくるくる回って、跳ねて、とうとうみんな、ついていけなくなって倒れ込んだ。

ぼくも、やわらかな草の上にからだを投げ出した。最高に気持ちがよかった。赤や黄色の花びらがまだ、ぼくたちの上で、青空を背景にくるくると踊っていた。

別の日には、みんなで海に泳ぎにいった。波打ち際で、そばにいるだれかと水をかけあったり、少し深いところに行ってばちゃばちゃと泳いでみたり、からだの力を抜いて仰向けに浮かび、ぷかぷかと漂ったりして一日を過ごした。

(でも、「一日」って何だっけ)

町にもどると、少し玄関が開いている家があった。扉を押して中に入り、螺旋階段を上がった。手前の部屋に入ると、ハンモックがあった。

(こんなのおかしい)

ぼくは思った。

何かがおかしい。いや、何もかもがおかしい。この生活は変だ。大事なものがいくつも欠けている。こんなのは、いやだ。ぼくは、いやだ。

(でも、「生活」って何だっけ)

そこで、ぷつりと糸が切れたように、考えつづける気力がなくなった。目の前にぶらさがっているハンモックのふわふわは、あまりにもやわらかそうで、中にもぐりこまずにはいられなかった。ふわふわの中は、天国みたいに気持ちよくって（でも、「天国」って何だっけ）、ものを考えるなんて不可能だった。

その日は、町の広場で影踏み遊びをしていた。四、五人いる鬼に自分の影を踏まれないよう、ぼくたちは逃げまわらなくちゃいけない。

石造りのベンチを飛び越えたり、花壇の後ろにまわったりして、ぼくはせっせと逃げていたけど、一人の鬼に気をとられているすきに、後ろからきた別の鬼に影を踏まれた。

ぼくの足の下からのびていた黒いしみが消えて、代わりに、鬼をやっていたやつの影が復活した。そいつは、奇声をあげながら逃げ出した。「待て」とぼくは追いかけた。

ぼくが走ると、みんなが「うわっ」と逃げていく。それが愉快で、ぼくは笑いながら手近な人間を追いかけた。もう少しで踏めそうだったんだけど、あと一歩というところで、影がくるりと向きを変えて、反対側に回ってしまった。

この遊びのあいだじゅう、影はのびる向きを気まぐれに変える。だからいっそう、この影踏みはおもしろい。

（でも、影が向きを変えるのって、おかしくないか）

小さな疑問が浮かんだけれど、そんなややこしいことを考えながら思いっきり走ることはできない。影踏みが楽しくて――この遊びは、逃げる役より鬼をやっているときのほうが面白いんだ――ぼくは夢中になって走りまわった。

ぼくたちみんなが心地よく疲れはてたころ、空気の色がさあっと変化して、鬼の足もとに影がもどった。ぼくたちは走るのをやめて、「楽しかったね」と笑顔を向けあった。遊びのあとのなごやかな時間。その調和を破るように、見知らぬ男が広場に入ってきた。

でも、「見知らぬ男」って、何だ。顔を見て、だれだかわからないという意味では、みんながそうだ。それなのに、どうしてあの男は気になるんだ。

この疑問は、いつもとちがって、すぐに消えようとはしなかった。むしろ、しだいに大きくなる。たぶん、奇妙な男がそこにいつづけているからだ。

ぼくは、まわりの人たちを見て、それからまた、男を見た。

そいつにだけ違和感をおぼえる理由がわかった気がした。

ぼくたちはみんな、こぎれいな格好をしているのに、そいつの服は汚れていた。髪は乱れて、顔つきは不機嫌だった。歩き方も乱暴で、いらいらしていた。

そんなふうに、何もかもがほかの人とちがっていたのに、そいつを気にしているのはぼくだけのようだった。みんなはあいかわらず、「楽しかったね」「またやろうね」と微笑みあっている。

男がぼくを見た。目が合った。こっちに向かって歩きはじめた。ぼくは一歩、あとずさった。

「やっと、話のできそうな人間を見つけた」

男はうれしそうに、ぼくの前で足をとめた。

「教えてくれ。この町の出口はどこにある」

ぼくには、男の質問の意味がわからなかった。考えようとすると、百もの疑問がわいてきそうで、ぼくは黙って首を左右にふった。

男の顔つきに、不機嫌さがもどった。

「おれの声は、聞こえているよな」

ぼくは小さくうなずいた。ほんとうは、みんなみたいに男に気づかないふりをして、逃げ出したかった。でも、「出口」ってことばの意味を知りたくもあった。

「右手を出せ」

男の命令口調に、ぼくはびくりとふるえた。

(でも、ぼくってこんなに気が弱かったっけ)

新しい疑問について考える間もなく、男の手がのびてきて、ぼくの右手を引っぱった。てのひらを上に向けさせ、自分の右手をその上に重ねた。眉間(みけん)にしわを寄せて、少しのあいだそのままでいた。

どう反応していいかわからなくて、ぼくはされるがままだった。

男の右手が唐突に、ぼくの手をはなれた。男は自分のてのひらをじっと見てから、ふうっと肩を揺らした。

「まあ、そう簡単に見つかるもんじゃないよな」

失望感の漂う声。

(でも、「失望」って何だっけ)

「あのお……」

ぼくは男に質問しかけたが、それ以上ことばが出てこなかった。

何を聞いたらいいかわからない。何を尋ねようとしても、それに関する別のこともわからないことに気がついて、質問が数珠つなぎに伸びていく。

いつのまにぼくは、これほど多くのわからないことに取り囲まれていたんだろう。

「とにかく、この町の出口を教えてくれ」

男の視線がぼくを射すくめた。

出口？　出口って、外に向かう場所のことだ。つまり、この町には、外があるってことか。

そこまで考えて、愕然とした。

そうだ。当然、この町よりほかの場所があるべきなんだ。そして、ぼくはずっと、ここでないところに行きたかった。

遊びの途中や、夕焼けを見ての帰り道や、ハンモックにもぐりこむ直前に、淡雪のような疑問が浮かんだとき、ぼくは思っていたんだ。こんなところはいやだ。どこかちがうところに行きたいと。

それなのに、あまりに早く疑問が消えてしまうから、そんな気持ちも一瞬で終わってしまっていた。そのうえ、遊びは楽しくて、夕焼けは美しくて、ハンモックの中は心地がよくて……。

「丘に夕焼けを見に行こう」

だれかが声をあげた。

「行こう、行こう。きっと今日も、きれいだよ」

みんなが誘いあいながら、広場を出ていきはじめた。その流れに引き寄せられるみたいに、ぼくはふらりと傾いた。

足をふんばって堪えると、男に視線をもどした。

「出口って……」

だけど、「丘に行こうよ」「夕焼けがきれいだよ」というみんなの声が、ぼくを引っぱりつづける。

丘から見る夕景は、海の薔薇色とまたちがって、ものすごくきれいなんだ。それを見て、うっとりとした酔い心地にひたりたいという誘惑が、ぼくをつかんで揺さぶった。

「おい、しっかりしろ。また、目が、行っちまいかけてるぞ」

男がぼくの顔の前で、ぱちんと手を打った。言われた意味を理解できないでいるうちに、新しい質問が飛んできた。

「教えてくれ。あっちには何がある」

男は自分の右のほうを指さした。

「海。砂浜」

「じゃあ、あっちには」

今度は、上半身をひねりながら、親指で背後を示した。

「薔薇園。かくれんぼや、ひなたぼっこをする場所」

「ふうん。そこの薔薇には、とげなんて一本もないんだろうな」

男がにやりと笑った。

「じゃあ、あっちには何がある」

男は、自分の左に人差し指を向けた。みんながぞろぞろと進んでいく方角に。

「丘。花畑がある。夕焼けがきれい」

その夕焼けを、見に行きたい。黄色やオレンジ色や真っ赤や、さまざまな色合いに輝く空をながめて、うっとりしたい。

「それじゃあ、そっちには？」

男が、腕をまっすぐ前にのばして、ぼくの後ろを指さした。

「こっちには……」

行ったことがなかった。何があるのか、わからなかった。何があるんだろうと考えるだけで、不安になった。

「なるほど。そっちか」

男はぼくの肩に手をおいて、「ありがとよ」と声をかけ、ぼくの背後に歩み去った。

よかった。これで、みんなといっしょに丘に行ける。

視界から消えかかっている行列の後ろをめざして走ろうとした。

足が動かなかった。

振り返って、男の去っていったほうを見ると、やつはまだ、そこにいた。足をとめて、こっちを見ている。

怖かった。

男がじゃなくて、そっちに行くことが。

考えただけで、からだの芯が凍りついたかと思うほど、怖かった。

でも、こんな感覚、ひさしぶりだ。

男がにやりと笑った。ぼくは、男に向かって足を動かした。

怖さがつのって、背中がぞくぞくした。

それがうれしかった。

思い出せるかぎりずっと、ぼくは「楽しい」と「きれい」と「心地よい」ばかり感じていた。「怖い」っていうのは、それ以外の感覚だ。

男のそばまで行くと、ぼくはにやりと笑った。

そんなふうに笑えたことがうれしくて、すっかり見えなくなった行列のことが、気にならなくなった。

「いっしょに行っていい？」

「ああ。おまえがいっしょのほうが、出口がはっきりわかっていい」

男の手が、ぼくの背中をぐいっと押した。

「おまえが行きたくないと感じるほうに、出口はある。案内してくれ」

「うん」

最初の一歩を踏み出そうとして、とまどった。

「行きたくないと感じる」って、どういうことだ？　案内するって、何をすればいい？　ぼくは、上げた足をどこに下ろすべきなんだろう。

すると、男の声がした。

「とりあえず、まっすぐ進め」

進んだ。


やがて、家並みが跡絶えた。足もとは、石畳から固い砂地に変わった。遠くに目をやると、景色は荒涼としていた。

広々としていて、道はどこにもなく、あるのは枯れ木と枯れ草と、ごろごろした石と、遠くに並ぶ岩山だけ。美しさのかけらもない風景だ。だからぼくたちは、こっちのほうに来たことがなかったんだろう。

岩山のひとつが、特に醜く見えた。そちらに足を向けたら、正面から砂まじりの風を受けたみたいに、ぼしぼしという痛みを感じた……気がした。

でも、風なんかじゃない。何も飛んできてはいない。

これは、怖さだ。痛いほどの、おそれや、嫌な感じだ。きっとこいつの正体が、男の言う「行きたくないと感じる」ってやつだ。

ぞくぞくした。

これは、「楽しい」や「心地よい」と、正反対の感覚だ。

そして、あれを思い出させる。淡雪のような疑問が浮かんで消える、その間際、時に襲ってきた閃光（せんこう）のような苛立（いらだ）ち。「こんなのはおかしい」「ぼくはここにいたくない」という怒り。

怒りだって、嫌な感情だ。できたら感じたくないものだ。

だけど、あの怒りは、ぼくの内から湧いて出たもので、ぼくには大事なものだったんだ。

それなのに、いつだって、しっかりと感じる間もなく消えてしまった。この男が現れるまで、思い返すこともなかった。

その敵討ちをするみたいに、ぼくはずんずんと、砂まじりの風みたいな痛みに向かっていった。痛いのに、ものすごく嫌なのに、まっすぐにぶつかっていくと、ぞくぞくした。

「おい。いいのか、そっちで」

男が後ろから不安げに声をかけてきたけれど、ぼくには返事をする余裕なんてなかった。ばしばしという怖さや嫌な感じを受けながら、ひたすらに進んで、進んで……いつしか岩山を越えていた。

するると、景色がまた一変した。

とびきり美しくもなければ、荒涼としているわけでもない、山があって、草がちょぼちょぼ生えている平凡な風景。

平凡？

そんなふうに思ったってことは、ぼくはこんな景色を、何度も見たことがあるんだろうか。

気がつけば、嫌な感じはすっかり消えていた。地面に目をやると、道があった。両手を広げたくらいの幅の土の道。ぼくの足もとから上り坂になって、山の中腹を通って、その向こうに消えている。

「抜けたな」

男がうれしそうに言った。

「驚いたよ。おまえみたいなのは初めてだ。いつもは案内人を見つけても、ちゃんと出口に向かわせるのに、ずいぶん苦労するんだが。おまえ、途中で、行きたくない感じはしなかったのか」

「したよ。だから進んだんじゃないか」

振り返ると、もう町は見えなかった。砂浜も、薔薇園も、花畑のある丘も。

少し悲しかった。

「たいしたやつだな。尻込(しりご)みひとつしないなんて。おまえが、俺の旅の仲間ならよかったのに」

男はそう言うと、上り坂を進みはじめた。

「それ、どういうこと？」

ぼくは、男の背中に問いかけた。

「『それ』とは？」

足もとめずに、男は問い返した。

えーと、なんだっけ。ぼくは、何を聞きたかったんだっけ。

気がつくとぼくは、男の三歩後ろを歩いていた。夕焼けを見るために行列をつくっていたときみたいに、足が勝手に動いている。

やっぱり、人について歩くのは楽だな。でも、そんなことより、ぼくには考えなきゃいけないことがあった。この男に何を尋ねたかったかだ。

聞きたいことはたくさんあった。なにしろ、わからないことはいくらもある。

しかも、ひとつのわからないことの後ろに、百ものわからないことが連なっていて、長くのびた「わからないこと」の帯が何本も、からまりあいながら渦巻いている。いったい、どこから手をつければいいのか。

「考える」って、なんて難しいんだろう。

ハンモックのふわふわにもぐりこみたいと思った。

だけど、ぼくって、考えるのが苦手だっけ？

そうじゃない。そんなはずはない。きっとこれは、あの町にいた後遺症だ。

（でも、「後遺症」って何だっけ）

淡雪のような疑問が浮かんで……溶けずに残った。目の前には、ぼくの質問を待っている背中があった。

『後遺症』って何？」

「はあ？」

男が立ち止まって、こちらに顔を向けた。

「いや。あの、その……」

ぼくは恥ずかしくなって、うつむいた。ふんと男が肩をすくめた。

「町の影響がなくなったことに、とまどっているんだな。まあ、すぐに慣れる」

男は愉快げな顔で腕組みをすると、こう続けた。

「すんなりと町を出られた礼に、教えてやるよ。おまえがいま、いちばん聞きたいことは、おそらく、『この道はどこに続くのか』だ」

それだけ言うと、またすたすたと歩きはじめた。

ちがう気がしたけど、その答えも知りたかったから、ぼくは何も言わずにあとをついていった。男はひとりで話を続けた。

「その答えは……俺も知らない。人が集まっているところに行き着くとは思うが、絶対そうだという自信はない」

「さっきみたいな町が、この先にあるってこと？」

そんなところには行きたくないと思った。それなのに、あのうっとりとした感じや、みんなとやる遊びの楽しかったことを思い出したら、無性に後戻りしたくなった。

その思いを振り払うために、足を速めて、男の横に並んだ。

「さあな。たいがいは、ただ人がたくさんいるだけの場所だが、たまに、さっきのみたいな《眠りの町》に出くわしてしまう」

男がチッと舌を鳴らした。

「やっかいなのは、着いてみるまで、《眠りの町》かどうかわからないってことだ。わかったときにはもう、出口が見つからなくなっていて、毎回苦労するんだ」

そこで男は、ぼくを横目でぎょろりと見た。

「だけど、おまえといれば、だいじょうぶな気がする。おまえさえよければ、しばらくいっしょに行かないか」

ああ、そうだ。ぼくが尋ねたかったのは、それだ。

「さっきあなたは、ぼくのことを、旅の仲間じゃないって言ったよね」

なんだっていきなり、そう決めつけられたのか、気になったんだ。

「それなのに、どうして、『いっしょに行かないか』なんて誘う？」

男はぼくに顔を向けて、目をしばたたいた。

「《眠りの町》を抜けたばかりだっていうのに、いきなり高度なことを聞くなあ。やっぱりおまえは、たいしたやつだ。いいか、《旅の仲間》っていうのは、ただいっしょに歩くこととはちがうんだ」

そのとき男は、視線を一瞬、自分の右下に向けた。そうやって、からだの横で振っている右手を見た——ような気がした。

「だけど、その説明は、いまはしたくない。俺はこれを知るのに、ずいぶん苦労したんだ。ついさっきまで自発的にしゃべることもろくにできなかったやつに、あっさり教えるのは……癪に障る」

その気持ちはわかる気がするし、「いまはしたくない」のなら、いずれ教えてくれるんだろうから、待てばいいやと思った。だけど、それをどう伝えていいかわからなくて、ぼくは黙っていた。

あの町にいた後遺症なんだろう。ひとつ質問しただけで、ぐったりと疲れていた。

（ああ、そうだ。「後遺症」って、そういう意味だ）

並んで歩きながら、男はちらちらと横目でぼくを見ていたが、やがてまた口を開いた。

「だいたい、そういうことに疑問をもつ前に、もっと根本的な問題があるだろう。自分はどこのだれなんだ——ってやつが」

確かに、それもわからない。

「言っておくが、その答えを知っているやつは、いない。みんな、自分がだれだかわからない。おかしな話だ。だけど、もしかしたら、おかしいと感じることがおかしくて、これが当たり前の俺たちのあり方なのかもしれない。だいたい、〈自分がだれなのか〉ってことの意味も、よく考えてみるとわからないしな。みんな、自分が自分であることは知っている。それ以上の何が必要なのか、わかるようで、わからない」

男は、禅問答みたいな話を長々と続けた。

（でも、「禅問答」って何だっけ）

男の話を聞くともなしに聞きながら、峠を越えた。その先にも、なだらかな山の連なる平凡な景色が広がっていた。道はずっと一本きりだった。

どれくらいそうやって歩いていったのか。

ぼくたちは、集落を見下ろしていた。

ようやく下り坂になった道が行きつく広い谷間に、大きな屋敷や小さな家がかたまって建っている場所があった。

その向こうにも道は続いていて、しかもすぐに三本に分岐していたけれど、とりあえずあの集落が、ぼくたちの旅が行き着く先の「人が集まっているところ」のようだ。

男の横顔をうかがうと、期待と不安がまざりあった表情を浮かべていた。

ぼくは、どう感じているんだろう。心の中にあるのは……希望？

男が《眠りの町》と呼んだあの場所を出られたことで、ぼくはいろいろなものを手に入れた。

景色を見て「きれい」以外を感じること。人と話すこと（あの町での、「楽しかったね」「またやろうね」は、会話なんかじゃなかったことに、ぼくはもう気がついていた）。淡雪のように消えてしまうことのない疑問。

それから――。

自分の足もとに目を落とした。ズボンの裾が、砂ぼこりを浴びて白っぽく汚れていた。

これも、あの町ではなかったことだ。

ズボンが汚れるのは、いいことではない。でも、まわりの人間のだれもが、いつもにこにこして、こぎれいな格好で、遊びのあとでも髪の乱れがまったくなかった――そしてたぶん、ぼく自身もそうだったのを思い出すと、ズボンの裾が汚れていることや、隣に立つ男がときに不機嫌そうな顔をするのが、なんだかうれしい。

それが、あの町に欠けていたものだからだ。淡雪のような疑問が消える刹那に感じた閃光のような苛立ちが、求めていたものだからだ。

いまぼくは、どんな苛立ちも感じていない。欠けているものは、まだまだたくさんある気がする。わからないことは増えていくばかりだ。けれども、こうやって歩きまわっていれば、順々にわかってくるだろう。

まずは、あの集落。あそこに行けば、いろんな人に会える。話もできる。その中で、

「ああ、そうだ。これが欠けていた」ってものを見つけていって——。

希望がどんどんふくらんだ。

この「希望」ってやつも、あの町にはなかったものだ。

男の話によると、これから行く集落が、あの町みたいなところだって可能性もないわけじゃないらしい。でも、ぼくはそのことを、男ほど心配していなかった。

もしそうなら、すぐに逃げ出して、また次に向かえばいいんだ。あの集落の先には、道が三本ものびている。

「行くぞ」

緊張した声で男がいい、ぼくたちは坂道を下りはじめた。

# 2　二人

下り坂が終わって道が平坦になった。集落が近づいてきた。

最初に現れた建物は、屋根が平らで壁がどれも真四角の、サイコロみたいな家だった。

でも、「サイコロ」って何だっけ。

考えていると、頭の中でいくつかのイメージがまたたいた。そのひとつでもしっかりとつかめたら、いろんなことが思い出せそうな気がしたけど、どのイメージも、つかまえようとすると、すうっと消えた。

まあ、いいや。以前は、「サイコロ」って何だっけという疑問を覚えておくこともできなかった。ぼくは一歩、前進している。

家の前にはベンチが置かれていて、ふたりの人物がすわっていた。どちらも初老の男性で、ひとりは片あぐらをかき、両手を大きく動かしながら何かしゃべっている。聞いているほうは、背中を丸め、目を細めたおだやかな表情で、ときどき相槌を打っている。

「《眠りの町》じゃ、なかったな」

男に言われるまでもなく、ベンチのふたりを見たとたん、そんな心配は消えていた。

あの町では、昼間はみんな同じところに集まっていた。こんなふうに、ひとりがたくさんしゃべることもなかった。

　でもそれ以上に、ふたりの男のどちらにも、あの町には絶対にそぐわないところがあった。たとえば、聞き手の男のだるそうに丸められた背中とか、もうひとりの大げさな身ぶりとか。

　たぶんそれは、「個性」ってやつだ。

　家が増えてきて、道を歩く人も見かけるようになった。ぼくたちに挨拶(あいさつ)していく人も、無視して行く人もいたけれど、ぞろぞろと行列になっている人たちには出会わなかった。

　家が密集してきた。ほとんどが木造で、屋根も板葺(ぶ)きだ。

　その中の大きな二階建ての入り口近くに、背の高い女性が壁にもたれて立っていた。右手をあごの下にやり、その手の肘(ひじ)を左手で支えるような格好で、道行く人をながめている。

「あんたたち、旅の人？」

　ぼくらが近づくと、声をかけてきた。

「うちは宿屋なんだけど、泊まっていかない？」

　男が足をとめたので、ぼくもそうした。建物の中からは、にぎやかな話し声が聞こえていた。

「そうだな。とりあえず、部屋を見せてもらおうか」

男は女性に向かってにやりと笑うと、入り口をくぐった。ついて行くべきか、少し迷ったけど、漏れ聞こえるにぎやかさにひかれて、男の背中を追った。

中は、仕切りのないひとつづきの広間になっていて、右端に階段があった。

広間には、長方形のテーブルが二列になって、やや乱雑に並んでいた。そのまわりや壁ぎわにたくさんの椅子があり、たくさんの人がいた。みんな思い思いに過ごしている。テーブルを囲んですわっている人。その後ろに立って人垣をつくっている人。ぽつんとひとつはなれた椅子に腰かけて、ぼんやりしている人。眠っているのか、テーブルにつっぷしている人もいる。

「部屋はひとつ？」

宿の人が、ぼくたちの後ろで腰に手をあてていた。

「いや、別々に泊まるから、ふた部屋で」

男がぼくに相談もせずに答えた。それが「旅の仲間じゃない」って意味かなと、ぼくは思った。

「じゃあ、階段を上がって、右手とその次が空いてるよ」

男は大きくうなずいて、上階に向かった。ぼくもついていった。

なんだか変な気分だった。

ぼくはいま、宿に部屋をとろうとしている。

ぼくにとってそれは、初めてのことじゃない気がした。でも、いつ、どこで経験したのか、思い出せない。

そういえば、あの町より前のことが記憶にない。それまでぼくは、どこにいて、何をしていたんだろう。

階段をのぼりおえた。

「俺はこっちを使うよ」

男が階段脇の部屋に姿を消したので、ぼくはその隣に入ってみた。

ベッドがあって、窓があった。ほかには何もない。

でも、ハンモックが吊られていただけの部屋より、部屋らしく見える気がした。

ベッドに横になってみた。寝心地はハンモックのほうが良かったけど、この固さも悪い感じじゃない。

コンコンと、入り口のほうで音がした。背中を起こして振り向くと、少し開いたドアのすきまから、あの男が顔をのぞかせていた。

「俺は、自分の部屋に文句はない。おまえは、この部屋でだいじょうぶか」

「うん」と答えながら、ベッドをおりた。

「じゃあ、おかみさんに、そう言いにいこう」

おかみさんは、階段の下でぼくたちを待っていた。部屋を気に入ったという男のせりふに、満面の笑みをうかべた。

「よかった。好きなだけゆっくりしていって」

宿をとるって、こういうことだったっけと、ぼくは首をひねった。

これだけじゃ、大事な要素が欠けてる気がする。それも、いくつも。

がやがやと話し声が漂う広間を見渡して、その思いは強くなった。こういう場面になくてはならない物や音が、足りていない。

でも、まあいいか。

この物足りなさは、あの町にいたときのような苛立たしいものじゃない。むしろ、遠くの景色をながめるのに似ている。

遠くのものは、よく見えない。大きな岩や丘の向こうに何があるかも、隠されていて、わからない。

でも、道は続いている。歩いていけば、見えなかった細かなところもはっきりしてくる。岩や丘の先まで行けば、隠れていた風景が姿を現す。

だからこそ、どんどん進んでいけるんだ。

そしてぼくは、ここにたどりついた。すれちがう人と挨拶を交わし、宿をとった。足りないものがいくつもあっても、ぼくは確かに、新しいものを手に入れている。

もう一度、今度は人に注意を払いながらあたりを見た。

いろいろな人がいた。笑っている人。しかめ面をしている人。ぼんやりしている人。真剣に何かを語っている人。

この人たちと、これからぼくは自由に話ができるんだ。

まずは、ここまでいっしょに来た男と向きあって、じっくりことばを交わしてみようと思った。歩いているあいだは——たぶん歩くことに集中していたんだろう——ぼくはほとんど口をきくことができなかった。いまなら落ち着いて、いろんな質問ができそうだ。

ところが男は、ぼくにすっと背を向けて、大勢が集まっているテーブルのほうに行ってしまった。そこでは、椅子にすわったふたりの男が指相撲をしていた。まわりの人たちは、応援したり野次を飛ばしたりしている。勝負がつくと歓声があがった。負けたほうが席を立ち、別の人がすわって、次の一戦が始まった。

でも男は、指相撲を見てはいなかった。視線は集まっている人たちのほうを向き、ひとりひとりの顔をじろじろながめまわしている。

やがて、小太りでのんびりした顔の男の肩をたたいて、その耳に、何か長々とささやいた。小太りの男がうなずき、ふたりで別のテーブルに向かった。後を追おうとしたとき、だれかに背中をつつかれた。

「私と指相撲をしない？」

振り向くと、ぼくと同じくらいの背の少女が立っていた。髪は、肩までまっすぐのおかっぱ頭。目は大きくて黒目がち。頰はやわらかそうにぷっくりしていて、唇は赤い。

こんな顔の女の子を前にしたら、ぼくは何かを感じなくちゃいけないんじゃなかったっけ。

物足りなさがうずいた。でも、それ以上に、男のことが気になっていた。

「悪いけど……」

首を左右に振ると、おかっぱ頭は小さくうなずいた。

「わかった。やりたくない人に無理強いするのはよくないから、あきらめる」

よかったと思いながら、男の向かったテーブルのほうに目をやると、小太りの男とふたり並んで、こちらに背を向けてすわっていた。何をしているのか、近くに行って見てみようと思ったとたん、男は飛び上がるように立ち上がった。はずみで椅子が後ろに倒れた。

「やったぞ」

握った右手を突き上げながら、吠(ほ)えるように男は言った。それから、こぶしを顔の前までおろして、ゆっくりと開いた。少しのあいだ、そのままじっとしていたが、やがて、その手を近くに立っていた小太りの男に向かってのばし、ふたりは熱烈に握手を交わした。

「どうした」

近くにいただれかが尋ねたけれど、ふたりはそれどころじゃないって感じで、握手をやめてからも、顔を寄せて何か熱心に話をしたり、抱きあったり、右手を見せあったりしている。

「どうしたの。何かいいことがあった？」

ぼくも、そばまで行って聞いてみた。ところが男は、ぼくのことをまるっきり無視して、階段の下でだれかと話をしていた宿のおかみさんに向かって言った。

「俺はこいつと、すぐに旅に出ることになった。ここに泊まるのは取りやめだ」

「はいよ。気をつけて」

おかみさんは、嫌な顔ひとつせず景気よく答えたけど、冗談じゃない。

「ちょっと待ってよ」

ぼくは、男の腕をつかんだ。

「何だ、おまえは」

男がやっと、ぼくを見た。不快げにしかめた顔で。

「『すぐに旅に出る』って、ぼくはどうすればいいのさ」

「知らんよ。おまえはおまえで勝手にやれ」

男は腕を乱暴に動かしてぼくの手を振り払い、そこで一転、笑顔になった。

「なにしろ、ついに、とうとう、《旅の仲間》を見つけたんだ。すぐにでも出発したいじゃないか」

そして、自分の右手をしみじみと見た。ぼくものぞいてみたけれど、男の手に変わった点はなかった。

「その《旅の仲間》について、教えてくれる約束だったじゃないか」

「そんな約束、したおぼえはない。さあ、行くぞ」

男は、小太りの男の肩に手をやり、いっしょに出口に向かおうとした。

そうはさせるか。

男の腕をさっきより強くつかんだら、「何しやがる」と、反対の手で胸を突かれた。

「待てよ。嘘つき」

ぼくは、よろけながら叫んだ。

「このまま行くなんて、卑怯(ひきょう)だぞ」

「俺のどこが卑怯だ」

知るもんか。「卑怯」ってことばの意味だって、考えようとすると、イメージがまたたくばかりで、うまくつかまえられない。だけど、いまのこの男にとってつもなく似合うことばだってことは、確かなんだ。

「どこもかしこも、卑怯だ」

ぼくたちの横で、小太りの男がおろおろと、ぼくと男の顔を交互に見るのに首をいそがしく動かしていた。

こんな頼りなさそうなやつが、見つかったと、こぶしを突き上げて喜ぶ《旅の仲間》で、ぼくはちがうんだと思うと、むかむかした。そこに男が、とどめのひとことをはなった。

「なんて嫌なやつだ。おまえが俺の《旅の仲間》でなくて、よかったぜ」

「なんだと」

男の胸倉をつかもうとしたそのとき、ぼくたちの間ににょっきりと、二本の腕が割って入った。

「まあまあ、ふたりとも落ち着いて」

ひとりで「前へならえ」をしているみたいなおかしな格好で、さっきのおかっぱ頭が、両手を前に突き出していた。

(でも、「前へならえ」って何だっけ)

「何だ、おまえは」

男があきれたような声を出した。

「話がこんがらがってる……というか、嚙み合っていないみたいなんで、整理したほうがいいんじゃないかと思って」

「俺はこいつと、話なんかない。もともと何の関係もない」

ひどい言われ方だ。

「ここまでいっしょに旅してきたのに、それはないだろう」

「俺は、おまえと歩いた何倍、何十倍をひとりで歩いてきた。そうしてようやく、《旅の仲間》を見つけたんだ。こいつと早く旅に出て、残りの仲間を見つけたいんだ」

「あなたは早く出発したい。それを、こちらの方が邪魔している。そういうことですね」

おかっぱ頭が、妙に冷静に確認する。

「だって、こんなふうに、さよならも言わずに放り出されたら、どうしていいかわからないじゃないか」

「そんなの勝手に考えろ」

歯をむきだす男とぼくの間に、またもにゅっと二本の手が割り込む。

「落ち着いて、落ち着いて。えーと、こちらの方の要求は、旅立つ前に、別れの挨拶をしてほしい？」

「ちがう。約束を果たしてから行けって言ってるんだ」

「おまえと約束なんかしたおぼえはない」

「《旅の仲間》って何なのか、教えてくれるはずだったじゃないか」

「知らんな。苦労して手に入れた秘密を簡単に話せないとは言ったが、教える約束なんてしていない」

そう……だったかもしれない。「いまは話したくない」と言われて、だったらあとで教えてもらえるんだろうと思っただけで。だけど——。

「だけど、あんたは、ぼくのおかげであそこを出られたんだから、ぼくが知りたいことを教えてくれてもいいじゃないか」

「冗談じゃない。俺は、おまえがいなくても、いつかは出口を見つけていた」

「でも、ぼくがいたから早く出られた。そう言って、喜んでたじゃないか」

「そりゃあ、遅いよりは、早いほうがいいからな。それで、おまえは？　あの町を抜けられて、おまえはうれしくなかったのか」

「もちろん、うれしかったよ」

「そうだよな。あの町では、そんなふうに人にがんがん文句を言うこともできなかった。そして、おまえがあの町を出られたのは、俺のおかげだ。感謝しろ」

言われてみれば、そのとおりだ。

ぼくが何も言えなくなったのを見て、男がにやりと笑った。

「あばよ」

「待って」

ぼくは男の袖口をつかんだ。どうしても、《旅の仲間》のことは聞いておかないといけない。そんな気がして、指先に力がこもる。

「あのお。話を整理すると、こういうことですね」おかっぱ頭がまた口をはさんだ。「こちらの方は、少しでも早く出発したい。こちらの方は、何か教えてほしいことがある。でも、こちらの方は、こちらの方に、教えると約束していないし、教えなくてはいけない理由もない」

まったく癇に障るやつだ。しゃべりながらぼくや男をいちいち手で指し示すしぐさにもいらいらするけど、そんなふうにまとめられたら、ぼくにはもう、どうしようもなくなるじゃないか。

「そのとおりだ。手をはなせ」

男が冷たくぼくを見た。もうあきらめるしかないんだろうかと思ったら、胸が苦しいような感じがした。

この気持ちは、何だっけ。砂まじりの風が顔に当たる痛みのような嫌な感じより、ぼくは、この感じのほうがきらいだ。

そのときまた、おかっぱ頭の声がした。

「ところがこちらは、あきらめが悪い人みたいです。だったら、いちばんの解決策は、あなたがこちらの知りたがっていることを、いますぐ教えてしまうことじゃないですか」

「なんでそうなるんだ」

男が口をとがらせた。

「だって、あなたの望みは、少しでも早く出発すること。この物分かりの悪い人を相手に、押し問答を繰り返すより、さっさと教えてしまったほうが、すんなり出発できるじゃないですか」

なるほど、そのとおりだ。このおかっぱ頭、いいことを言う。こういうことになるのなら、「話を整理する」って、悪いものじゃないな。

感心して袖口から手をはなすと、男は難しい顔で腕を組み、しばらく黙ってから、「なるほど」とつぶやいた。そして、手近な椅子を引いて腰かけると、また腕組みをした。

「あんたの言うことは、筋が通っている。それは認めてやる。だけどな、あんたの話を聞いて、俺は決めた。今後絶対に何があっても、《旅の仲間》について、こいつには一言も教えてやらない」

「えっ、どうして。だって、そんなの、理屈が……」

　おかっぱ頭が、これまでの冷静さをなくして、あわてた声を出した。

「理屈で言うなら、考えてみると俺には、どうしてもいますぐに出発しなくちゃいけない理由はない。やっと仲間を見つけたのがうれしくて、少しでも早く旅に出たくなっただけだ。なあ、そうだろう」

　男に視線を向けられた小太りの男は、居心地悪そうに身を縮めて、「うん。出発は、いつでもいいよ」と答えると、そっと椅子を寄せて男の隣にすわった。

「あのぉ」おかっぱ頭が不安そうに、男の顔をのぞきこんだ。「この人の知りたいことを教えると、あなたにとって、どんな不都合があるんでしょうか」

「不都合？　そんなものは、ない」

「だったら……」

「それでも、嫌なものは、嫌だ。最初は、こいつの態度にむかついただけだったが」男はそこでことばを切って、ぼくに冷ややかな一瞥を送った。「あんたのぐだぐだした解釈を聞いているうちに、こうなったらもう、絶対に話すものかって気になった」

「そんなの、わけがわからない」

おかっぱ頭は途方に暮れたように、首を小さく左右に振った。

「あんたにわかろうが、わかるまいが、決めたんだ。さっきの理屈は正しいが、だからこそ、気に食わない。そんなものには従いたくない。どれだけ出発を邪魔されても、絶対に、こいつの知りたいことは教えてやらない」

男は腕をきつく組み直して、口をぎゅっと結んでみせた。

つまりはこの男、おかっぱ頭のせいで意固地になったってことじゃないか。

ぼくがにらみつけると、おかっぱ頭は情けなさそうに眉（まゆ）と口をへの字に曲げたが、やがてまたきりりと眉根を上げて、テーブルをまわり、男の向かいにあたる位置に腰をおろした。それから、ぼくにもそうするように目でうながす。

しょうがないから、彼女の右隣、小太りの男の正面にすわった。

男とおかっぱ頭は、にらめっこでもしているみたいに、しばらくにらみあっていた。

でも、「にらめっこ」って何だっけ。

イメージがまたたいて……答えが出た。先に笑ったほうが負けるという遊びだ。

ぼくはどうして、それを知っているんだろう。そういえば、指相撲は、見たとたんにやり方がわかった。ぼくはだれから、こうした遊びを教わったんだろう。

そんなことを考えながら、視線を少し上げたとき、気がついた。何人かの人間が、ぼくらを遠巻きにしていた。これからどうなるのか気になるって様子だけど、指相撲を見物していた人たちみたいな、露骨な興味は示していない。

「よしっ」と、ぼくの横でおかっぱ頭が、肩を大きく動かした。それからにっこり笑って、小太りの男のほうを向き、優しげな声で話しだした。

「あなたも、《旅の仲間》について、何かご存じなんですよね。だって、こちらの方が、《旅の仲間》が見つかったと大喜びしたとき、質問したりしないで、いっしょに喜んでいたわけだから」

「ええ、まあ」小太りの男は、おかっぱ頭のまっすぐな視線を避けるようにうつむいて、ぼそぼそと答えた。「最初に説明を受けたから。もともと、少しは話に聞いていたし」

「だったら、知っていることを教えてもらえませんか。そのほうが、あなたのお仲間にとっても、いいと思うんです」

「だけど……」

「あなたも、早く旅に出たいんでしょう。さっさとこのもめ事を終わらせて、気持ちよく出発しましょうよ」

小太りの男は、うつむいたまま、気弱げに目を伏せた。

なるほど、天(あま)の邪鬼(じゃく)の男より、こいつを攻(せ)めたほうがうまくいくと考えたんだな。おかっぱ頭は、いいところに目をつけた。

ところが、小太りの男は静かに顔を上げると、意外なくらいきっぱりと言った。

「だめです。この人がしゃべらないと決めたことは、ぼくにも明かせない。ぼくは、こう」

「ねえ、どうして、そんなに一所懸命になってくれるんだ。きみには関係ないことだろ

男が腕組みをしたままにんまりと笑い、おかっぱ頭はがっくりとうなだれた。

の人の気持ちを尊重したいんだ」

不思議になって、ぼくは尋ねた。

「私はね、理屈に合わないことが我慢ならないの。はじめは、あなたたちの言い合いが嚙み合ってないのが見てられなくて、話を整理したくなったんだけど、いまは、この人のわけのわからなさに負けたくない」

ことばどおり、闘志をむきだしにした顔だった。でもそれって、「気に食わないからしゃべらないと決めた」っていうのといっしょじゃないか。このふたり、案外、似た者同士なのかも。

おかっぱ頭は、しばらく男をにらんでいたが、何か思いついたようで、また、にっこりと笑った。

「ねえ、もしかしたら」その、ちょっと怖い笑顔を、今度はぼくに向ける。「あなたが知りたいことと、この人が話したくないことは、ずれているかもしれない。ふたりのあいだで、何か誤解があるのかも」

「そいつが何を知りたがっていようと、俺が話したくないのは、まさしくそのことだ」

男が冷たく言い放ったが、おかっぱ頭は聞こえないふりで続けた。

「だから、話を整理して、はっきりさせましょう。あなたは何を知っていて、何をまだ知らなくて、何を知りたいと思っているのか」

「えーと」

そんな難しそうなことが、ぼくにできるだろうか。

「とりあえず、この人とのあいだで《旅の仲間》という話題が出たときのことを、話してちょうだい」

ぼくは、考え、考え、思い出せることを語った。

「《旅の仲間》は、ただいっしょに歩く人とはちがうと、こいつは言うんだ。もっと特別な意味だって。だから、宿に泊まるときも、別々の部屋なんだ。こいつは、ぼくが《旅の仲間》じゃなくて残念だって言いながら、おまえが《旅の仲間》でなくてよかったなんてひどいことも言う。これにはたぶん、右手が関係してると思うんだけど」

おかっぱ頭は、困った顔で首を横にかたむけた。わかっている。ぼくは、ちゃんと話せていない。だって、自分でもわけがわかっていないことを、人に説明するなんてできないじゃないか。

おかっぱ頭の新たな試みが失敗しそうだと思ったんだろう。男がにんまりと笑った。

ちくしょう。負けるものか。

「こいつは、ぼくに会っていきなり、こうしたんだ」

横にすわるおかっぱ頭の右手を引っぱって、上を向かせ、ぼくの右手をそこに重ねた。

これが何の儀式なのかはわからないけど、最初から説明するなら、まずはこのことだ。

「それから、しばらくして自分の右手を見て……。何だ、これ」

あのときの男の真似をして、驚いた。ぼくの右手には、青い丸が浮き出ていた。こすってみたけど、取れない。手の皮といっしょに歪むだけだ。

「ほんとだ。何、これ。あざ？　さっきまで、こんなのなかったのに」

おかっぱ頭も、自分の右手を見て驚いている。のぞいてみると、彼女の手にも、ぼくのと同じ青い丸があった。

「おい、それは本当か」

男が大声をあげて、腰を浮かした。

「ほんとだよ。見てよ、これ」

男にてのひらを向けたら、首を振られた。

「俺には見えない。おまえらだって、俺の徴は見えないんだろう」

そう言って、自分の右てのひらをぼくに向けた。

「えーと、それは、話を整理すると……」

おかっぱ頭は、自分の手と男の手を交互に見つめて、ことばを詰まらせた。

「おめでとう」

男が破顔して、大きく身を乗り出しながらテーブル越しに両腕をのばし、ぼくとおかっぱ頭の肩をばしんとたたいた。勢い余ってテーブルの上に倒れそうになったのを、あわてて立ち上がった小太りの男が後ろから抱きとめる。

「どういうこと？」

男にたたかれた肩をさすりながら尋ねると、小太りの男の助けで椅子にすわりなおした男は、大声でまくしたてた。

「やっぱりおまえは、たいしたやつだ。俺なんて、歩いて歩いて、さがしまわって、ようやくこいつを見つけたのに、おまえときたら、さがしている自覚もなしに、もう見つけちまった」

「つまり、この青いのが、《旅の仲間》の目印ってこと？」

「言うな。徴は仲間によってちがうんだ。むやみに人にしゃべらないほうがいい」

「あのお。あなたは、この人に、知りたいことを絶対に教えてやらないと、かたく決心していたのでは？」

おかっぱ頭が口をはさんだ。ぼくは、やめろと言う代わりに、にらみつけながら肘で小突いた。この男は、気分屋なんだ。さっきは教えないと決めていたけど、いまは、ぼくたちに起こった出来事に驚いて、しゃべりたくてしかたなくなっているんだ。頭がよさそうに見えるのに、どうしてそんなことがわからないんだろう。

おかっぱ頭は、不服そうな顔でにらみ返してきたけれど、とにかく黙ってくれた。ありがたいことに、男も決意を思い出すことなく、自分の話に夢中なままだ。

「すごいな。ふつうは、やみくもに手を重ねてみても、だめなんだ。こいつが仲間かもしれないと勘をはたらかせて、てのひらを合わせる。それを繰り返していくしかないと聞いていたんだが、おまえときたら――。いや、すごいのは、そっちの子かもしれないな。関係ないのに俺たちのことに口をはさんできたのは、何も知らないくせに、おまえが《旅の仲間》だと感じとって、おまえを助けようとしたのかも」

「そんなことないと思いますけど」

　おかっぱ頭がまた、しなくてもいい否定をする。

「そうでもなけりゃ、こんな偶然、あるわけない」

「あ。そういえば、私、この人と指相撲をしたいと思いました。それって、何も知らないのに感じとったってことでしょうか」

「そうだ、そうだ。きっと、そうだ」

　男は機嫌よく、何度もうなずいた。

「あんたも、たいした人間だ。だけどな、ひとり見つけたからって、よろこんでばかりはいられないんだぞ。仲間は全部で四人か五人。全員がそろわないと、《本当の旅》は始まらないんだ」

「《本当の旅》って、何ですか。そもそも《旅の仲間》が、ただいっしょに歩くこととちがうというのは、どういう意味ですか」

「ちがいは、徴（しるし）があるかどうか」決意をすっかり忘れた男は、おかっぱ頭の質問に、すんなりと答えた。「ただいっしょに歩く相手は、自分の勝手で決められるが、《旅の仲間》はそういかない。徴（しるし）のない人間と歩いても、ひとりで歩くのと変わりない。新しい場所には行けないんだ」

「では、《本当の旅》とは、新しい場所に行くことなんですね。でも、新しい場所って、どういうことですか」

すっかりふたりだけのやりとりになっている。小太りの男とぼくは、聞くばかりだ。いや、聞いているのはぼくたちだけじゃなかった。いつのまにか、テーブルのまわりに何人もの男や女が立っている。

といっても、こちらを注視している人はほとんどいない。「たまたまここにいるだけで、話の内容に関心はありませんよ」という感じで、そっぽを向いていたりするんだけど、その実、真剣な顔で聞き耳を立てている。

おかっぱ頭相手に夢中でしゃべっている男が、このことに気づかなきゃいいなと思った。でないと、「苦労して聞き出したことを、大勢の人間にあっさり教えるのは癪（しゃく）だ」とか言い出しかねない。

みんな、静かにしていてくれよと念じながらあたりを見ていて、わかったことがある。近くにいる全員が、このテーブルの話に関心をもっているわけじゃない。すぐ隣のテーブルについている三人は、のんびりと間のびした会話を続けているし、おかっぱ頭の後ろには、ひとりでぼんやりとすわっている人もいる。人が集まっているけど何があるんだろうとのぞきにきて、少し耳を傾けてから、退屈そうに去っていく人もいた。

《旅の仲間》とか「新しい場所」といった話に、関心がある人間と、ない人間の二種類がいるんだと、ぼくは思った。

「あんた、こことはちがう場所があるべきだと思わないか」

「『あるべき』というか、実際、ありますよね。家なんか一軒も建っていない平原や、ほとんど人を見かけない山道もあるし、土壁の建物ばかりの町とか、石造りの町もある」

ぼくがまわりを見たり、考えたりしているあいだも、ふたりのやりとりは続いていた。

「そういうのも全部ひっくるめて、ここはここだ」

「人々が個人行動をほとんどとらずに、反射的な集団遊技ばかりしている区域もありますよね。『こことはちがう場所』とは、ああいうところのことですか」

「あんたが言うのは、《眠りの町》のことだな。反対の意味で、そのとおりだ」

「反対だったら、そのとおりじゃないじゃないですか」

男のいかにも理屈に合わない言い方が気に障ったんだろう。おかっぱ頭――ぼくの《旅の仲間》は、口をとがらせた。それが、男のしゃべりたい気持ちに水を差すんじゃないかと心配だったが、男はすっかり自分の物思いにひたっているようで、しんみりと続けた。

「《眠りの町》は、奇妙なところだ。あそこにいる連中は、ほとんどものを考えずに、人の提案するままに動く。あんなおかしなところなのに、外に出ていこうと思わない。

町以外の場所があるってことすら考えない」

そのとおりだ。

あの町のことを思い出して、ぼくは胸が苦しいような気持ちになった。あそこは奇妙な場所だった。あそこにいるとき、ぼくは変だった。

でも、楽しかった。心地よかった。

でも、もっと強く、二度とあんなふうになりたくないと思った。還(かえ)りたいような気がした。

「それでも、《眠りの町》には出口がある。それと同じように、俺たちがいるこの場所からも、出ていくことができるはずなんだ」

「つまり、あなたがおっしゃりたいのは、私たちはみんな、《眠りの町》ほどではないけれど、《眠りの町》みたいに出て初めて奇妙だったことがわかる、おかしな場所に閉じ込められているということですか」

「俺はそう思っている。俺たちはみんな、自分がだれだかわからない。どこから来たのかわからない。もっとも、自分がだれだかわかるってことがどういう意味なのか、考えてみると、よくわからない。いまのままで、何がいけないのかもわからない。それでも、俺は思うんだ。ここじゃない場所があるはずだ。こんなふうじゃない俺になれる場所が」

「わかります」と、おかっぱ頭がうなずいた。

「うん。この気持ちを話してみると、自分も同じだってやつは、けっこういる。実際に、ここじゃない場所をさがして歩きまわっているやつも」

まわりに立っている何人かが、ぴくりと反応した。

「そんな連中と話しているうちに、ひとりでやみくもに歩きまわっていても、だめだってことを知ったんだ。まずは、《旅の仲間》を見つけなきゃならない。仲間が全員そろって初めて、《本当の旅》が始まる。ここじゃない場所へ向かうことができるんだと」

「つまり」おかっぱ頭は呆然とした顔で、視線の先を男から自分の右手へと移した。

「話を整理すると、こういうことですね。仲間かもしれないと勘がはたらいた相手と、右手を重ねてみる。自分たちにしか見えない同じ徴が現れたら、その人は《旅の仲間》。そうやって見つけていって、仲間が四人か五人そろったら……」

そこでおかっぱ頭は、はっとしたように顔を上げて、男をにらみつけた。

「四人か五人なんて曖昧なことを言われても、困ります。どっちかはっきりしてください」

「知らないよ。仲間によって徴の色や形がちがうように、人数もちがうってことじゃないか」

「だって、それじゃあ、四人目が見つかったときに、それで全員なのか、まだあとひとりさがさなきゃいけないのか、わからないじゃないですか」

「そうだけど……。もしかしたら、仲間がみんなそろったら、徴が光るとか、形が変わるとかするんじゃないのか」

「ほんとうですか」

「いや、いまちょっと思いついただけで……」

男も、そのあたりのことは知らないようだ。それを責めてもしかたがないのに、おかっぱ頭は不服顔だ。

「じゃあ、話を整理してみましょう。あなたが、『四人か五人』と聞いたときのことを、くわしく教えてください。何かわかるかもしれないから」

「それを聞いたのは、一回きりじゃないし、もうずいぶん前だから」

男は、助けを求めるように、ぼくを見た。

「そういうことは、四人集まってから考えればいいんじゃないか」

言ってみたけど、一蹴された。

「だめよ。大事なことなんだから」

まわりに集まっている連中も、同感だという顔をしている。

男は困りきった表情で、小太りの男に「おまえ、何か知ってるか」と尋ねたが、激しく首を左右に振られただけだった。

「鳥だよ」

突然、はなれたところから声がした。ぼくたちのテーブルと出口との中間くらいのところに、何人かの男女がたむろしている。そのひとりが、こっちを向いて、静かに微笑んでいた。

「仲間がみんなそろったら、鳥が現れるんだ。そこから先は、その鳥が導いてくれる」

あたりがしんと静まった。ぼくは、「鳥」って何だっけと考えた。

思い出した。翼のある、空を飛ぶものだ。だけど、ここまでの山道でも、平原でも、一度も鳥を見ていない。

「でたらめよ。きっと、適当なことを言って、私たちをまどわそうとしているんだ」

小太りの男のななめ後ろにいた女性が叫んだ。さっきから誰よりも熱心に、男とおかっぱ頭の話を聞いていた人だ。

「信じたくないなら、信じなければいい。しかし、私は見たんだ。五人目を見つけた人たちのところに、空から鳥が降り立ったのを。丸い目をしたミミズクだった。ミミズクは、一声鳴くと、道をはずれて飛んでいった。五人はそのあとを追った。私も。彼らについていけば、ここではない場所に行けると思ったんだ。このおかしな世界から脱出することができると。しかし、だめだった。必死で追ったのに、ミミズクと五人はどんどん先に進んでいき、やがてその姿は、かげろうのように揺らめいて、消えた」

話を終えた男は、彼を見つめる人々の顔を静かに見回してから、低くささやいた。あたりがあんなに静かでなければ、すぐそばにいる人にしか聞こえなかったにちがいない、小さな声だった。

「ここに、我々の五人目はいないようだ。もう行こう」

男は、吸い込まれるように出口へと移動した。すぐそばにいた三人の男女が、影のように男に寄り添って、いっしょに外に出ていった。

# 3　三人

ベッドの端に腰かけて、おかっぱ頭は足をぶらぶらさせていた。

ぼくは、窓を右手に見る壁ぎわに、あぐらをかいてすわっている。

そういえば、この部屋には椅子がない。下からひとつ持ってくればよかったかな。床のすわり心地が悪いってわけじゃないんだけど、妙に気分が落ち着かない。

おかっぱ頭は、首をこきこき動かして、天井の隅を見たり、窓をながめたりしている。ぼくのほうにだけは、視線を向けないようにして。

こいつも居心地が悪いのかな。この部屋に入ってドアを閉めたとき、ぼくはなんだか、いけないことをしている気分になった。どうしてだろうと考えてみたけど、わからない。

ぼくたちは、《旅の仲間》だ。同じ部屋に泊まっていいはずだ。

自分に言い聞かせても、居心地の悪さは消えなかった。こいつとふたりきりでいるのに、まだ慣れないのかな。

ここまでいっしょに来た男は、小太りの男とふたりで旅立った。

「おまえのおかげで、大事な話が聞けた。やっぱりおまえは、たいしたやつだ。あの

《眠りの町》の広場で、おまえに声をかけて、ほんとうによかった」

にこにこと目尻を下げて、うれしそうに笑っていた。ぼくらに背を向けて歩きはじめてからも、何度も振り返って手をふった。三回目までは笑っていたのに、その次からは泣きそうな顔をしていた。

ころころと表情の変わるやつだった。あっというまに変化する機嫌に、ぼくはずいぶん振り回された。

でも、そういうところ、嫌いじゃなかった。

遠ざかっていく男を見ているうちに、胸が苦しいような感じがした。

この感情は、何だっけ。顔にばしばし砂粒が当たってくるような嫌な感じより、もっと胸を締めつける、自分から向かっていきたいとは思えないこの気持ちは……。

ああ、そうだ。これは、「さびしい」って感情だ。

「行っちゃったね」

隣でおかっぱ頭がつぶやいた。

これからは、こいつがぼくの道連れだ。ただいっしょに歩くだけじゃない、こことはちがう場所に行くための、本当の仲間。

横目で見ると、おかっぱ頭は、きりりと引き締まった顔をして、道の行方をにらんでいた。

頼もしく感じると同時に、ちょっと気が重くなった。こいつと旅をするということは、これからぼくは、しょっちゅう「話を整理」されるんだろうか。

宿にもどって、おかみさんに断ってから、ふたりでぼくの部屋に上がった。ぼくらは同じ徴を持つ《旅の仲間》なんだから、それが自然だと思ったのに、ドアを閉めてふたりきりになったとたん、落ち着かない気持ちになった。

いったい、何なんだ、この居心地の悪さは。

「ねえ、何かしゃべってよ」

いつのまにかおかっぱ頭は、まっすぐにぼくを見ていた。ベッドから垂らした足をぶらぶらさせるのもやめている。

「えーと」

それ以上、何を言っていいかわからなかった。

おかっぱ頭は、小首をかしげて続くことばを待っていたようだったけど、やがて眉間にしわを寄せてうなずいた。

「そうね。『えーと』だけでも、何かしゃべったことにはなるのよね」

何だよ、それは。

慰めるような言い方だったけど、だからこそ、かちんときた。

ぼくは立ち上がった。見下ろされていたのが、見下ろす立場になって、少し気が晴れた。

「とにかく、これからどうするか決めようよ」

「うん」と、おかっぱ頭は上目遣いでぼくを見た。「ねえ、こっちにすわってくれない？ そのほうが、話しやすいから」

こいつも、見下ろされるのが苦手なのかもしれない。

「わかった」

隣にすわって、彼女の手をとった。てのひらを上に向けさせ、その横に、ぼくの右手をくっつける。

青い丸がふたつ並んだ。

てのひらいっぱいを占めるほど大きくはない。点に見えるほど小さくもない。青といっても真っ青ではない。きらきらしているのに、ぼんやりと薄い色合いで、ところどころ白や、ほかのよくわからない色ににごっている。

そんなところまで、ふたつの丸はそっくりだった。

「こういうものがある以上、あの人の話は、信じるしかないね」

心細げにおかっぱ頭が言う。

「そうだね。問題は、ぼくらが《本当の旅》に出たいかどうか」

「あ、そうか。旅に出られるからといって、出なきゃいけないってわけじゃないのよね。私たちは、どうしたいのか。まずは、そこから考えてみる必要があるのよね」

おかっぱ頭は右手を結んで、徴（しるし）をぐっと握り込んだ。

ぼくも同じようにしかけて、途中で手が止まった。指の陰に半分隠れた青い丸は、ぼくの気持ちのようだった。

「実を言うと、ぼくは《眠りの町》を出てきたばかりなんだ。だから、こうしたこと全部に、まだとまどっていて、何をどう考えていいか、よくわからない」

「そう。じゃあ、まずは私が、自分の気持ちを話してみるね」

おかっぱ頭が首をかたむけてぼくを見た。赤い唇が目の前にあった。

強烈な物足りなさをおぼえた。ぼくがいま、感じなきゃいけない、何か大切なものがある。あるはずなのに、わからない。すごく大きな何かが、この状況に欠けている。

「ちょっと待って。やっぱり、ぼくにしゃべらせて。いまなら、うまく話せそうな気がするんだ。……いや、きっと、うまくは説明できなくて、ばらばらな話になりそうなんだけど」

ぼくはいったい、何を言っているんだろう。

だけどおかっぱ頭は、「うん、わかった」とうなずいた。「ばらばらでいいよ。私があとで、整理してあげるから」

それは、うれしいような、怖いような……。

「えーと、ひとつ確かなことは、《眠りの町》にいるとき、ぼくはあそこを出たくてたまらなかったんだ。ほとんどずっと、楽しくて、心地よくて、うっとりしていたのに、それを全部打ち消すほど強い、『こんなの、おかしい』『ここはいやだ』って気持ちが、ときどき、ほんの一瞬、でも、まるで……、あれみたいに」

うまくことばにできないイメージが、つかまえるには遠すぎるところを漂っていた。

ぼくは、そのイメージに向かって手をのばし、指先でジグザグを描いた。

「まるで、雷(かみなり)みたいに襲ってくる」

おかっぱ頭が、ひとりごとのようにつぶやいた。

「そう、雷。どうしてわかったの」

「私だって、あなたたちの言う《眠りの町》に、いたことあるもの」

じゃあ、ぼくが感じたあの怒りを、こいつも感じていたのか。

「で、『雷』って、何だっけ」

「さあ。それが問題なのよね。話していると、口からいろんなことばが出てくるのに、立ち止まって考えたら、その意味がわからない。それでいて、あなたと私のあいだで、ちゃんと言いたいことが伝わっている。私にとって、これは、とても大きな問題なんだけど、その話はあとにする。あなたのばらばらの話を続けて」

　ばらばらって、人に言われたくないけど。

「えーと、どこまで話したっけ」悔しいから、ちゃんと順序立てて説明しようと思った。

「《眠りの町》でひどい苛立(いらだ)ちを感じたことまでだったよね。あの町を抜け出せて、ほんとうによかったと思ってる。ここでは、あの町ではなかった嫌なことも起こるけど、取り戻したって感じがして、それさえうれしかったりするんだ。だけど、あの男が言っていたとおり、いまもまだ、足りないものがたくさんあって、ぼくはそれを思い出せない。

思い出して、手に入れたら、きっとまた、『取り戻した』とうれしくなると思うんだ」

こくりと、おかっぱ頭がうなずいた。

「ただ、この物足りなさは、苛立ちにはなっていない。つまり、旅に出たくてたまらないってわけじゃない。しばらくは、この集落でいろんな人と話すだけで、楽しく過ごせそうな気がする。それでも、きっとそのうち、いま足りていない何かを取り戻したくなる。絶対にそうなるってことは、確かなんだ。だけど、まだ、そこまでの気持ちにはなっていないっていうか……」

だめだ。やっぱり、ばらばらだ。

「つまり、いまの話を整理すると」おかっぱ頭が張り切った様子でしゃべりだした。

「いまは、ここと ちがう場所に行きたいと思っていないけれど、もうすぐそうなると推測できる。だから、《本当の旅》に出たい。そういうことね」

「うん、まあ」

「『まあ』って、どういうこと。ちがってる点があるなら、いますぐ言って」

彼女が口をとがらせた。曖昧なことが許せないようだ。

「いや、ちがっていない。きみが言ったとおりだよ」

「それならいいけど」おかっぱ頭は、まだ少し不満そうな顔だった。「じゃあ、次は私の気持ちを話す番ね。私は、いわゆる《眠りの町》を去ってから、ここみたいな町をあちこちまわってきたの。そのあいだ、人と話していて、もどかしくなることが何度もあった。自分の言ったことばの意味を、立ち止まって考えようとすると、わからなくなるし、もっときちんとした話をしたいのに、うまくできない。それなのに、悔しいことに、そのもどかしさをなくすためにどうしたらいいのか、見当もついていなかったの。あなたのように『足りないものがある』とか、あの人のように『ここととちがう場所があるはず』と考えたことはなかったから。あの人にそう言われたとき、『ああ、そうだったのか』って、大きな大きな……光が見えた気がした。希望って言ったほうがいいのかな」

彼女はまた、ぼくを見ながら小首をかしげた。

「うん、希望だ。光みたいな希望だ」

ふわりと彼女が微笑んだ。いつもは厳しい表情なのに、ときどきこんなふうに笑うから、物足りなさがうずうずする。

「よかった。私の言いたいこと、伝わったのね。でも、もっとちゃんと表現する方法を知っているはずなのに、思い出せない。このもどかしさから解放される場所があるのなら、私は行きたい。残りの仲間を見つけて、ここととちがう場所に行きたい。それが私の気持ちです」

話しおえると、彼女はぺこんと頭を下げた。

「つまり、きみもぼくも、旅に出たいってことだね。じゃあ、決まりだ」

「うん、決まり」

ぼくたちは、青い丸を重ね合わせて握手した。

「ただ、心配なことがあるの。《旅の仲間》のことを教えてくれた人も、鳥の話をしてくれた人も、顔を見るだけで、仲間かもしれない人がわかるみたいだったよね」

「うん。勘をはたらかせて、それらしい相手を見つけるんだと、あいつは言っていた」

「鳥の話をした人は、周囲をぐるりと見渡しただけで、『ここに仲間はいないようだ』と判断した。つまり、仲間だとはっきり確認できるのは手を重ね合わせてからだけど、その前に、可能性がある人を、顔を見て選べているのよね」

「そうみたいだね」

なるほど、話を整理すると、起こった出来事の中から見えてくるものがあるんだなと、ぼくは少し感心した。だけど、「心配なこと」って何だ。

「私たちに、それができるかな。だって、あなたも私も、お互いに顔を見て、仲間だとわかったわけじゃないよね。偶然、手を重ねたら、徴が現れただけで。こんなんで、残りの仲間を見つけられるかな」

「そんなの、いま考えたって、しょうがないだろ」

「そうだけど」

「むしろ、ぼくたちのほうが、仲間を見つけやすいっていえるんじゃないか。あいつら、これまでずいぶん苦労してきたみたいだったじゃないか。ぼくたちなんて、こんなにすぐに最初の仲間を見つけた。だから、心配なんていらないよ」

「その理屈はどうかと思うけど、いま考えてもしょうがないというのは、そのとおりね。

ただ私は、問題点を指摘しておきたかったの」

あいかわらず彼女は、面倒くさい物言いをする。

「それで、次の問題だけど、旅に出るのに、どの道を選べばいいと思う？　宿を出て右手に行くと、一本道が続いている。左のほうに行くと、町はずれで、道は三本に分かれている」

「右はだめだ。その一本道は、ぼくがいた《眠りの町》につながっているだけだから」

「じゃあ、左手の三本のうち、どれを選べば……」

「それも、いま考えたってしかたない。その場で適当に選べばいいじゃないか」

「そんなので、だいじょうぶかな」

「だいじょうぶだよ」ぼくは、彼女とのややこしい話を続ける気力がなくなって、ベッドから立ち上がった。最初にすわっていた場所に行き、壁を向いてごろりと寝転がる。

「すごく疲れた。しゃべるのも、考えるのも、これ以上、無理」

「うん、わかった」

おかっぱ頭はそれきり黙り込んだ。床の上は、ハンモックやベッドより、ずっと固かったけれど、そう悪い寝心地ではなかった。

左か、右か、まっすぐか。

三つに分かれた道の前で、ぼくは動けずにいた。

すぐ横に立つおかっぱ頭は、口をへの字に結んでいる。宿を出るまでは、どちらに向かえばいいかを合理的に判断する方法があるはずだと、うるさく主張していたが、じゃあ、どんな方法があるんだと尋ねたら、何も思いつかなかったんだろう。すっかり口をつぐんでしまった。

そんなもの、あるはずないんだ。ややこしいことは考えずに、とにかくいまは旅に出ればいいんだと、彼女をここまで引っ張ってきたぼくだけど、いざ、三本に分かれた道を前にすると、どうしていいかわからなくなった。

こいつの不安がうつってしまったのかもしれない。どの道を選んでも間違っている気がして、進むのが怖い。

おかっぱ頭は、「さあ、どうするの」と問いつめるような顔で、ぼくをにらんでいる。とにかく決めてしまおうと、あらためて三つの道に目をやった。

右手にのびるのは、遠くにそびえる山と山の間を抜ける平らな道だ。楽に歩けそうだけど、つまりは行く価値がないんじゃないかと思えてしまう。

まん中の道は、くねくねと曲がりながら峠に向かって上り坂になっている。《眠りの町》を出てから歩いた道に似ていて、気持ちがひかれたけど、不規則な曲がりくねり方が不吉な感じもして、足を踏み出す気になれなかった。

左にのびる道は、あまり高くない丘を越えていくゆるやかな坂道だ。道幅もいちばん広くて、見た目はいかにも「正しい道」って感じだ。でも、それって罠(わな)みたいで、怪しくないか。

おかっぱ頭の眉間のしわが深くなった。

悩むことはない。間違った道なら、引き返せばいいんだ。とにかく進んでみなくちゃ、何も始まらないじゃないか。

ぼくは右足を上げた。でも、どこに下ろしていいか、わからない。どうしよう。だれか助けてと思ったとき、あの男のことばが頭の中に蘇(よみがえ)った。

「とりあえず、まっすぐ進め」

進んだ。

くねくねと曲がりながら、いくつかの山と丘を越えた。最初に思ったほど歩きにくい道ではなかった。おかっぱ頭も疲れたようすを見せずに、ぼくの半歩後ろをついてきている。

景色は、あいかわらず平凡なものだった。

でも、息をのむほど美しくなくても、進むほどに変化していく風景をながめるのは楽しいものだと、ぼくは思い出していた。

（つまり、ぼくはかつて、景色を楽しみながら旅したことがあるんだ）

「ねえ」おかっぱ頭が、半歩分の差を詰めて真横にきた。「何かしゃべって」

そんなこと言われても、何も思いつかない。

そこで、前に同じやりとりをした結果を思い出した。おかっぱ頭がつまらない慰めを口にする前に、適当なことをしゃべってみた。

「ぼくは、景色を見ながら歩くのが楽しい。きみは？」

「うーん、まあまあかな。そうね。私ももう少し、まわりの様子に注意をはらうようにしてみる」

そういうことを言ったわけじゃないんだけど。

ふたりともそれ以上口をきかないまま、丘をふたつ越えた。三つ目の丘をまわりこんだとき、平凡ではない景色が現れた。

岩などの障害物がまったくない、なだらかな草原。広くて、どこもかしこも同じくらいの高さの柔らかそうな草におおわれている。

そこに、大勢の人間が寝転んでいた。仰向けの人も、うつぶせの人も、横を向いて肘枕をしている人もいる。みんな、気持ちよさそうだ。

「何だ、ここは」

ぼくのつぶやきに、おかっぱ頭が答えた。

「《眠りの丘》」

「えっ。それって、《眠りの町》と関係あるの？」

「ないと思う。《眠りの丘》っていうのは、私がひとりでそう呼んでいるだけだから。

「えーと……」

何度か、ここそっくりの景色を見たことがあるの」

「ふうん」

たしかにこの丘の雰囲気は、《眠りの町》とずいぶんちがった。共通しているのは、だれもが幸せそうってことだけど、ここの人たちには、ちゃんと……「個性」がある。

ぼくは、いま《眠りの町》に入ったら、あたりにいる人の腕を手当たりしだいにつかんで、「ここから出るんだ」と叫びたくなるんじゃないかと思う。でも、この丘で寝転がっている人たちは、このままそっとしておきたい。

「みんな、自分の意志で休んでる感じでしょ。あの町とは全然ちがう。だから私は、あなたたちのように、《集団遊技の町》のことを《眠りの町》って呼ぶのに、抵抗があるの」

「わかった。じゃあ、ぼくもこれから、きみの呼び方に合わせるよ」

「無理強いする気はないのよ」

「うん。無理はしてない。どうでもいいことだから」

また気まずい感じになって、ふたりとも黙ったまま先に進んだ。

道の先に集落が見えてきた。白い漆喰塗りの壁に薄茶の瓦をのせた家が、ぱらぱらと散らばっている。町というより、村って感じだ。

でも、町と村って、どうちがうんだっけ。

「ねえ、町と村のちがいが何か、知ってる？」

疑問を口にしてみた。だってぼくには、わからないことを尋ねてみる相手がいるんだ。

それって、すごいことだと思ったのに、返事はすげなかった。

「知らない。ううん、知ってるはずなのに、思い出せない。だから、こうして旅をしてるんでしょ」

「そうだったね」

それ以上言うことが見つからなかった。彼女もそれきり口をきかない。

また、これだ。早く三人目を見つけなくちゃ。こいつとふたりでいると、気疲れがする。

やがてぼくたちは、町だか村だかに入っていった。

白い家のどれも、宿屋をやっていそうになかったが、にぎやかな話し声の聞こえてくる場所はあった。細長い家が四軒、少し間をあけて四角形をつくっている中に、木製のテーブルやベンチが置かれた広場みたいなところがあって、そこに大勢が集まっていた。

ぼくたちは、人の輪に入って、何人かと挨拶し、七、八人と話をし、ぼくが二人、おかっぱ頭が四人と右手を重ねた。どの手にも、徴は現れなかった。

だれもいない家があったんで、おかっぱ頭とふたりで入り、別々の部屋に泊まった。

集落を出ると、すぐに道が二つに分かれた。右の道を選んで、先に進んだ。

そうやって、いくつかの町や村を通り過ぎた。

町と村の区別はまだ思い出せない。新しい仲間も、まだ見つからない。おかっぱ頭が指摘したように、ぼくたちが、仲間らしい人間を見分けられないからかもしれないけれど、ぼくはあせっていなかった。

鳥の話の男や、ぼくと旅した男のことを考えても、仲間をひとり見つけるには、たくさん歩きまわらなくちゃいけないようだ。ぼくたちの旅は、始まったばかり。こうして歩いていれば、そのうちぼくらも、顔を見て何かを感じるこつがつかめるかもしれない。

そういう意味のことを、ぼくは歩きながらばらばらに語り、おかっぱ頭は話を整理してから、「そうね、あせることはないね」と納得した。

この手の「議論」をするとき以外は、あいかわらず話がはずまないけれど、やがてぼくは、おかっぱ頭といても気詰まりを感じなくなってきた。こいつはこういうやつなんだと思えば、景色を見る邪魔にはならない。

そうやって旅は続き、ぼくらはあの、おかしな集落にたどりついた。

上から見たとき、そこはまばらな林にしか見えなかった。巨大な緑色の帽子に見えるほどみっしりとした樹冠をたくわえた、ものすごく太い木が、ぽつりぽつりと立っている場所。

「あんな大きな木を見るの、久しぶりだわ」

おかっぱ頭が言った。

「そうだね」と、ぼくは答えた。

峠からつづく坂道を下りきって、勾配のない道に入ったとき、おかっぱ頭がまたしゃべりだした。

「あんな大きな木を見るのは久しぶり。それは確かなことに思えるけど、『久しぶり』ってことは、私は以前、あんな大きな木を見たことがあるのよね。それはいったい、いつなんだろうって考えてみたんだけど、どうしてもわからない。あなたは？　あなたも『久しぶり』に同意したけど、この前あんな木を見たときのことを、覚えてる？」

「ううん。ぼくが思い出せるのは、《眠りの町》から先のことだけ。ああ、ちがった。《集団遊技の町》って呼ばなきゃいけないんだった」

「無理強いするつもりはないけど」

「とにかく、それ以前のことは、まったくわからない」

「私も似たようなものだな。ほんとうに、わからないことばっかりだね。私たちって、いったい何なんだろう」

ぼくは、おかっぱ頭の言うことを、あまり聞いていなかった。前方の大木に注意を奪われていたんだ。

「ねえ、何か答えてよ。真剣に話してるのよ、私」

「うん。でも、あの木、なんだか変じゃないか」

ぼくに言われておかっぱ頭も、木の輪郭におかしなところがあるのに気づいたようだ。

「何かくっついてる？　大きな……箱みたいなものが」

ぼくたちは足を速めた。


大木をおおう緑色が、巨大な帽子じゃなくて葉っぱの集まりであることが見てとれるほど近づいたころ、くっついているものの正体がわかった。

家だ。木が大きく枝分かれしているところに、小屋が作られていたんだ。根元から玄関まで、はしごもついている。

その木だけじゃなかった。ほかの木にも、枝ぶりに応じたさまざまな形の家がのっていた。さらに近づくと、家の中に人の姿があるのがわかってきた。

つまりここも、集落なんだ。

「こういう家のこと、何て言うんだっけ」

「えーと、えーと」

おかっぱ頭は、こぶしを自分の頭に当てて、ぐりぐり回した。

ふたりで家を見上げながら、しばらく木の間を歩きまわった。

低いところに建っていて、はしごじゃなくて階段で地面とつながっている家があった。大きな窓を通して、白いあごひげのおじいさんが椅子でうたた寝している姿が見える家があった。

木の幹をぐるりと取り囲んだ形の、円形の家もあった。中はずいぶん狭いにちがいない。その家の玄関は大きく開いていて、そこに男の子が腰かけていた。ぼくたちに気がつくと、にっこり笑って手をふったから、ぼくもふり返した。

張り出した二本の枝をつなぐように建っている草葺きの家があった。傾斜のゆるやかな屋根の上には、自分の両手を枕にして眠っている人がいた。

「ツリーハウス」

おかっぱ頭がつぶやいた。そうだ、こういう家のことを、そう呼ぶんだと、ぼくは思った。

家より高い枝に腰かけて、歌をうたっている少女がいた。聞いたことのない歌だったけど、うたっている姿は楽しそうだった。

窓越しに、隣のツリーハウスの人と話をしている人もいた。でも、ほかの町や村とちがって、大勢が集まっている場所は見当たらない。

「変わった集落だね。宿屋もなさそうだし」

「空き家もないみたい」

おかっぱ頭は、油断のない目つきであたりを見まわしていた。

そうだ。空き家がない。これまでの集落では、がらんとしただれもいない家のほうが多かったのに、この林のツリーハウスにはどれも、中や近くに住人らしい姿があった。

住人？

「ねえ、ぼくいま、『住人』ってことばを思い出したんだけど、これって、どういう意味だっけ」

「住んでいる人って意味でしょ」

「ああ、そうか」

言われてみれば、「思い出せた」とはりきって報告するほどのことばじゃなかった。

「でも、ほんとね。ここの人たちは、『住人』って感じがする。これまでは、人が家の中にいても、住んでる雰囲気じゃなかったのに」

そこまで言うとおかっぱ頭は、片手を額に当てた。

「ああ、でも、『住む』って、どういうことだっけ」

「さあ」

ただ家の中にいることとはちがうと確信できるのに、どうちがうかが、わからない。

「住む」って何だろうと考えると、びっくりするほどたくさんのイメージがまたたくのに、ひとつのことばのものとは思えないほどばらばらで、かえってわけがわからなくなる。きっと、いま欠けているさまざまなことが、『住む』と結びついているんだ。

それだけに、思い出せないのが悔しかった。こんな思いをしなくてすむようになるのなら、早く「ここじゃない場所」に行きたい。

次に近づいてきたツリーハウスには、窓に腰かけている人がいた。家の外に足を出しているんで、スカートが風になびいている。それでいて、ひと束ずつあっちこっちを向いている短い髪は、ぴくりとも動かない。

スカートをはいているのだから、この人は女性なんだなとぼくは思った。あんなところにすわって危ないなあとも。窓にすわるくらいなら、さっきの人みたいに、家を出て、枝に腰かけたほうがよさそうなのに。

「ねえ」女の人が、ぼくたちに気づいて手をふった。「うちで、お茶でもどう？」

お茶！

なんて魅力的な響きだ。

「うん。いま行くから待ってて」

ぼくは、彼女のツリーハウスに通じるはしごに飛びついた。

家の中には、ベッドとテーブル、二脚の椅子があった。三方の壁に窓があり、窓のない壁は内側にふくらむカーブを描いていて、表面はごつごつしていた。どうやら木の幹そのものが壁になっているようだ。

窓のひとつは、すぐ外が葉っぱにおおわれていた。

残りふたつの窓から、ツリーハウスをのせた大木が何本か見えていて、そのうちの、この家の人がすわっていた窓のほうからは、木の間を通して遠くの景色をながめることができた。

ぼくとおかっぱ頭は、すすめられるまま椅子にすわった。女の人は、ベッドの端に腰かけた。背が高いのか、ベッドが低いのか、いつかのおかっぱ頭とちがって、足がぶらぶらすることはなく、スカートから出た二本の脚は、そろって斜めに床までのびている。白くて、すらりとしていて、見ていると物足りなさがうずいてくる感じがしたんで、視線を頭部へと上げた。

髪はやっぱりあっちこっちを向いている。目はくりっとして、鼻はだんご鼻。

でも、「だんご」って何だっけ。

「ねえ、『お茶』は？」

おかっぱ頭が尋ねた。

「『お茶』って、何？」

だんご鼻が小首をかしげた。

「知らないわよ」

「私も知らない」

だんご鼻がくすくす笑った。おかっぱ頭は、まなじりをきりりと上げた。

「知らないって、どういうこと。あなたが私たちを『お茶』に誘ったのよ」

「そうなのよ。あなたたちを見ていたら、ああ言いたくてたまらなくなったの」

「そんなおかしな話……」

「ねえ、おかしいでしょう」

だんご鼻は、声をあげて「あはは」と笑った。

ぼくは、このやりとりをぽかんと聞いていたけれど、楽しそうに笑うだんご鼻を見ているうちに、「ああ、そうか」と思った。

知らないってことは、おもしろがることもできるんだ。これまで、どうして思い出せないんだろうといらいらしたり、物足りなさがうずいたり、そうでないときも「まあいいや」と気にしないようにするばかりだったけど、考えてみたら、これはおもしろいことでもあるんだ。

「ちょっと、何よ。あなたまで」

だんご鼻といっしょに笑いだしたぼくを見て、おかっぱ頭は肩をいからせた。

「だって、おかしいじゃないか。だれも『お茶』が何かわからないのに、この人が誘って、ぼくたちが応じた」

「私は、ここに来れば『お茶』が何だかわかると思ったの」

「でもさ、『お茶』が何かわからなくても、とりあえず、だれも困っていないよね」

「それは……」

おかっぱ頭は、しばらくぼくをにらんでいたが、やがて嫌そうに首を縦に動かした。

ぼくは、声をあげて笑うのをやめてもまだにこにこしているだんご鼻に目をやった。

こういう人がいっしょに旅してくれたらいいなと思った。

おかっぱ頭も、悪いやつじゃない。ぼくに気を遣ってくれているのも知っている。だけど、いっしょにいると、たまにいらいらしてしまうし、明るい気分になれることは少ない。

「そうね。『お茶』が何かわからなくても、困ることは見当たらない。でも、だったら私たち、何のためにここにいるんだろう」

いまだって、こんな素敵な場所にいるのに、眉間にしわを寄せている。

「いいじゃないか。どっちにしても、ぼくは、ツリーハウスのどれかに入ってみたかったんだ」

「それって、私たちの旅のために必要なこと？」

返事をする気になれなくて、ぼくは黙ってぐるりと室内を見た。

やっぱり、いいなあ、この家は。いるだけで楽しくなれる感じがする。

ほんとうにこの林には、人のいないツリーハウスはないんだろうか。よくさがせば、ひとつくらい、「住人」のいない家が見つからないかな。もしあったら、そこでごろごろしたり、屋根の上や枝の上から景色を見たりして過ごすのも、悪くないんじゃないかな。

空いている家があるかを知らないか、聞いてみようと、だんご鼻に目をやった。

あっちこっち向いてる髪。くりっとした目。ふくよかな胸。すらりとした白い脚。

物足りなさがうずいた。

やっぱり、だめだ。この物足りなさや、「住む」が思い出せなかったときの悔しさをそのままにして、ごろごろ過ごすわけにはいかない。

いまのは、あれといっしょなんだ。影踏みのあと、男に声をかけられて、いっしょに町を出たいと思ったのに、夕焼けを見にいきたいとも思ったのと。

ぼくは、だんご鼻の白い脚をじっと見た。そうしていれば、ほんとの気持ちを忘れずにすみそうだから。

でも、まだ足りない。

「ねえ、聞いてる？　私たち、早く残りの仲間を見つけなきゃいけないのよ。ちょっと、何するの」

ぼくは、おかっぱ頭の顔を両手でつかんで、ぼくの顔のすぐ前に近づけた。赤い唇が、近すぎてよく見えないほど間近に迫った。

「何なのよ、いったい」

ぼくが手をはなすと、おかっぱ頭は椅子にすわりなおしながら、声をとがらせた。

「ぼくは、仲間を見つけて《本当の旅》に出たいんだってことを、しっかりと思い出したくて」

「あはは」と、だんご鼻の笑い声が響いた。「あなたたちを見てるのって、ほんと、おもしろい」

「わけがわかんないけど、それをちゃんと思い出したのなら、もう行きましょうよ」

おかっぱ頭が立ち上がった。

「うん。でも、ちょっと待って」

ぼくは、遠くの景色が見える窓に近寄った。この家を去る前に、聞いておきたいことがあった。

「きみ、どうしてさっき、こんなところにすわっていたの」

「そこにすわったら、気持ちいいかなと思って」

「気持ちよかった？」

「うん」

だんご鼻は、目尻を下げた笑顔を見せた。

やっぱり、いいな。おかっぱ頭みたいに理屈じゃなくて、感覚で動くやつ。こういうやつと旅をすると、楽しいだろうな。

だんご鼻がベッドから立ち上がり、ぼくのそばに来て言った。

「すわってみたら？」

「うん」

さっきだんご鼻がしていたように、足を家の外に出して窓枠に腰かけた。

ほんとだ、気持ちいい。景色も、家の中からながめるより素敵に見える。

そのときふいに、背中を押された。

ぼくは前のめりになり、尻が窓枠をはなれた。どこにもつかまるところはなく、視界は地面でいっぱいだった。

反射的に、ひざを抱えながら前方宙返りをして、足からどさりと着地した。

見上げると、だんご鼻が窓辺でけたけたと笑っていた。

ぼくは、猛烈な勢いではしごをのぼって、室内にもどった。

「よかった。ぶじだったのね」

おかっぱ頭が、泣き笑いしているみたいな表情でぼくを迎えた。

「ひどいじゃないか」

ぼくは、だんご鼻をどなりつけた。彼女はあっけらかんと言った。

「ねえ、おもしろいでしょ」

「人を突き落としておいて、何を言ってるんだ」

「私、よく、ああやって飛び下りるのよ」

「自分で飛び下りるのと、いきなり押されるのは、ちがうだろ」

彼女はきょとんと尋ねた。

「どうちがうの」

「心の準備がないと、危ないじゃないか」

「どうして？」

どうしてだろう。人をいきなり突き落とすのは、とてつもなく危なくて、いけないことのはずなのに、「どうして」と無邪気に聞かれると、返すことばが見つからない。「危ない」って、何が、どう危ないんだろう。どうして、人を突き落としたらいけないんだっけ。

「とにかく、いまのは、絶対にやっちゃいけないことなの」

おかっぱ頭がぴしゃりと言ってくれたんで、ぼくはほっとした。

「ふうん」

だんご鼻は興味なさそうに小首をかしげたが、すぐにまた上機嫌な顔になって、おかっぱ頭に笑いかけた。

「ねえ、あなたもここにすわってみない？」

おかっぱ頭は、顔をしかめながら首を左右にふった。

気がついたら、ぼくもいっしょに首をふっていた。こいつと旅ができたらいいな、などと考えたのは間違いだった。この手の人間は、周囲を楽しませてくれる一方で、突然とんでもないことをしでかして、あわてさせもするんだ。いっしょに旅なんかしたら、大変だ。

「こんな人、ほっといて、もう行きましょうよ」

「うん」と答えながら、ぼくは考えた。「この手の人間は――」と思ったってことは、ぼくはこんな人間に、何度か会ったことがあるんだろうか。

「もう行っちゃうの？」

だんご鼻の表情が曇った。ほだされちゃだめだぞ。こんなやつとは、関わり合いにならないほうがいい。こんな人間と旅をしたら、ひどいめにあうことになるぞ。

出口に向かっていたぼくの足がとまった。

「どうしたの」

おかっぱ頭が振り向いて尋ねた。

「うん。どうしてぼくはさっきから、こいつといっしょに旅したいとか、旅したくないとか、旅したら大変だとか、考えているのかなと思って」

おかっぱ頭は、小首をかしげかけて、動きをとめた。はっとした表情が浮かび、口を開けて何か言おうとしたが、すぐにその口を両手で押さえた。

ぼくは、だんご鼻に近づいて、右手をとった。

「やめて。それだけは、やめて」

おかっぱ頭が、口に手をやったまま叫んだ。

ぼくだって、やめておきたい。だけど、これは、好みや自分たちの都合で決められることじゃない。そうかもしれないと思ったら、確かめないといけないんだ。

だんご鼻の手に、ぼくの右手を重ねた。だんご鼻はくりくりした目で、おもしろそうにながめている。

そっと手をはなすと、彼女のてのひらには、青い丸が浮き出ていた。

# 4　四人

　ぱっと、だんご鼻が走りだした。道をはずれて草むらへと入っていく。たぶん、何か興味のひかれるものを見つけたんだろう。

「あんまり遠くに行っちゃだめよ」

　おかっぱ頭が、半分あきらめたような声で忠告した。

　でも、心配はいらない。だんご鼻は、ぼくらがすっかり見えなくなるほど遠くへは、決して行かない。そのことを、ぼくはもう知っていた。

　ぼくたちが、だんご鼻にかまわず進んでいると、後ろのほうから追いかけてくる気配がした。振り向くと、全速力で駆けてくる。風にもなびかないあっちこっち向いている髪が、こういうときだけ少し跳ねる。

「何かおもしろいものがあった？」

　右隣にもどってきただんご鼻に尋ねると、左隣でおかっぱ頭が、そんなの興味ないとばかりに、ふんと肩を動かした。

「うさぎがいると思ったの。でも、いなかった」

だんご鼻は、ちっとも残念じゃなさそうに答えた。

「『うさぎ』って何？」

聞いてみると、思ったとおり、だんご鼻は「さあ」と笑った。

ぼくも、「うさぎ」が何かわからない。思い出そうとすると、愉快な感じのイメージがまたたくけれど、ぜひつかまえたいという物足りなさは覚えない。だからぼくはそのイメージを、無理につかまえようとはせずに、遠くからながめて楽しんだ。

「白」

おかっぱ頭が、前を向いたままぶっきらぼうにつぶやいた。興味なさそうな顔をしながら、「うさぎ」とは何か考えて、浮かんだことばを口にしたんだろう。おかげでぼくのイメージに色がつき、少しつかまえやすくなった。

「ぴょこぴょこ……跳ねるものだ」

するとだんご鼻が、ぴょんと跳んだ。

「ねえ、こんな感じ？」

両手を頭の左右の上のほうにつけて、そろえた指を上下させる。

「そんな感じ！」

ぼくとおかっぱ頭が同時に言った。

うさぎのイメージに近づけたのはそこまでで、柔らかいような、温かいような、愛しいような感じを残して、すうっと消えてしまったけれど、大事なものをひとつ取り戻せたようで、うれしかった。

「『うさぎ』が何かもわからないのに、いると思って走りだしちゃうなんて、変な人」

あきれたように言うおかっぱ頭も、さっきまでより顔が優しげだ。

三人旅になって楽しいのは、こんな時間が増えたことだ。だんご鼻と右手を重ねてみてよかったと、しみじみ思う。

「ねえ。もしかしたら、仲間と旅する意味って、これかな」

おかっぱ頭が、何か思いついたときの張り切った様子でしゃべりだした。

「本物の仲間といると、いまみたいに、わからないことのイメージが、つかまえやすくなるんじゃないかな。仲間がみんなそろったら、大事なことをいくつも思い出せて、ことはちがう場所に行く方法がわかるようになるのかも」

なるほど、と感心しかけたとき、だんご鼻がぴしゃりと言った。

「ちがうと思うよ」

「どうして」

おかっぱ頭の声がとがる。

「だって、みんな、そんなじゃなかったもの」

「『みんな』って、だれのこと」

「んーと、頭がつんつんした人や、ころころした大きな人や……。あの人、よく笑って、楽しかったな」

だんご鼻の話は、ぼくなんかと比べものにならないほどばらばらで、理解するのが大変だ。

「その、つんつんした人と、ころころした人は、どういう関係？」

「関係なんて、何もないよ。だって、つんつんした人は、すらっとした人と仲間だもの。あと、声の大きい人がいた」

「つまり、三人組？」

「うん」

「まさか、その三人って、同じ徴を持つ《旅の仲間》のこと？」

「もちろん」

「どうやって、《旅の仲間》だとわかったの」

こういうときは、おかっぱ頭に任せるのに限る。彼女は根気よく質問を繰り返し、だんご鼻の言う「みんな、そんなじゃなかった」の意味を解き明かしていった。

すると、びっくりすることがわかった。

だんご鼻はこれまでに、三回も、《旅の仲間》にくっついて歩いたことがあるというのだ。

最初は三人組が、「仲間じゃないけど、とりあえず邪魔にはならないから」と、しばらく同行させてくれた。だんご鼻は、自分には見えない右手の徴を見せあう様子がおもしろくて、いっしょに歩いていたけれど、何かそいつらをいらつかせることをしたんだろう。「どこかへ行け」と追い払われた。

その後、二人の仲間が互いを見つけた場にいあわせて、何となくいっしょに行くことになった。今度は追い払われることにはならなかったが、そのうちに飽きてしまって、自分からはなれた。

それから、ひとりであちこち歩きまわったり、どこかの町でのんびり過ごしたりしているうちに、四人の仲間と意気投合して、共に旅することになった。彼らといるのは楽しかったが、あの林にたどりつき、空いているツリーハウスを見つけ、すっかり気に入ったので、四人組が旅立ってもそこに残った。

「でも、だれも、仲間といるとわからないことが思い出しやすいって感じじゃなかったよ。そんなことを言ってる人もいなかったし」

ぼくとおかっぱ頭は、思わず顔を見合わせた。

まさかこいつが、そんなにたくさんの《旅の仲間》と身近に接したことがあったとは。

いや、その前に、まさかこいつが、ぼくらと会う以前から、《旅の仲間》の意味を知っていたとは。

だんご鼻の手に青い丸が浮かび上がったとき、ぼくは、喜びでなく不安を感じた。

こいつは、ぼくらといっしょに旅をしてくれるだろうか。もしかしたら、「ここはちがう場所になんか行きたくない。いまのままで楽しいから、旅になんて興味ない」と言うんじゃないかと。

「え、この人が仲間？　喜んでいいのか、困るべきなのか、よくわからない」

おかっぱ頭は、ぼくとはちがう理由でうろたえていた。

ぼくたちは、「とにかく三人目が見つかったのはいいことなんだ」と話し合い、ぼくらのやりとりをおもしろそうに聞いていただんご鼻に、てのひらに現れた徴（しるし）の意味を説明した。

「そういうわけで、ぼくたちは、ここことはちがう場所に行くために、四人目の仲間をさがしに旅に出なきゃいけないんだけど、いっしょに来て……くれるよね」

聞いてしまったら、否定のことばしか返ってこない気がして、最後まで言い切るのが怖かった。

どうしてぼくは、こんな仲間を見つけてしまったんだろう。せっかく見つけた仲間がいっしょに来てくれなかった場合、ぼくたちの旅はどうなってしまうんだろう。何もかもおしまいなのか。それとも――。

「うん、行く」

最初は聞き間違いかと思った。でも、だんご鼻は、楽しそうな顔で、早くも出口に向かっていた。思わず腕をつかんで確認した。

「いいの？」

「何が？」

「この家を出て、旅に出ること」

「うん」

だんご鼻は、短く即答した。「面白そうだから」なんて付け加えることなく。

その一瞬だけ、真顔になった。

だから、ぼくは思っていたんだ。彼女もきっと、ツリーハウスで楽しく過ごしていても、どこかで物足りなさやもどかしさを感じていた。それで、ぼくたちの話を聞いて、ここではない場所に行きたいと願い、二つ返事で旅に出ることを承諾したのだと。

ところがだんご鼻は、ぼくらに会う前に、三組もの《旅の仲間》と行動を共にしていた。旅の意味も、仲間の意味も、知っていた。それなのに、あんなにのんびりとツリーハウスの中にいた。

こいつはほんとうに、ここととはちがう場所に行きたいのか。

「ねえ、聞いてみるんだけど、そんなにたくさんの《旅の仲間》と出会っておいて、自分の仲間をさがそうとか思わなかったの？」

ぼくの質問に、だんご鼻は目をぱちくりさせてから言った。

「うん、思わなかった。そんなこと、ちっとも思いつかなかったよ」

そして、それが愉快なことだと思ったんだろう、声をあげて笑った。

ぼくとおかっぱ頭は、ふたたび顔を見合わせた。

まさかこいつ、これまでの三組についていったのと同じ感覚で、ぼくらと旅しているんじゃないか。もしそうだったら、いつ、はなれていってしまうかわからない。

だけど、だんご鼻は、どんなに興味のひかれるものに出合っても、短い寄り道をするだけで、必ずぼくたちのところにもどってくる。少しは、本当の仲間だという自覚があるのかもしれない。

「この問題は、とりあえず、ほうっておきましょう」

曖昧なことのきらいなおかっぱ頭が、めずらしく、そんなことを言った。

「そうだね」

ぼくも、この疑問をへたに突っつくのはやめておきたかった。

それに、だんご鼻から筋の通った話を聞き出すのは大変だ。おかっぱ頭は、「みんな、そんなじゃなかった」を解明するのに力を使い切ったとばかりに、ぐったりしていた。こんなときに新たな苦労を掘り起こすことはない。

それでもいつか、ぼくらはこの問題と向きあわなければいけないんだろうなと思った。

三人で、いくつもの町や村を通り過ぎた。

道が分かれているところでは、どちらに行くかを適当に決め、集落に着いたら、人が集まっているところをさがし、そこにいる人の顔を見て、勘をはたらかせることに努める。

あいかわらず、どういう人が仲間かもしれないのかわからないまま、適当に選んだ何人かに頼んで右手を重ねる。おかっぱ頭はいつも、ぼくよりたくさんの人と手を重ねるけれど、ぼく以上に適当に相手を選んでいるようだ。だんご鼻は一回も、この仲間さがしをやったことがない。

宿屋があれば、そこに泊まった。なければ、空いている家を見つけ出して、同じ部屋に三人で休んだ。

おかっぱ頭はベッドに横になるのを好んだ。ぼくとだんご鼻は、壁ぎわの床の上が落ち着いた。三人になってからは、居心地の悪さを感じることもなくなり、ぼくは安らかな気持ちでいられた。

一度、《集団遊技の町》に入り込んだ。町にいる人たちは遊びに夢中で、ぼくたちが話しかけても足もとめない。たぶん、ぼくたちがいることに気づいてさえいなかったんだと思う。

遊びに加わりたがるだんご鼻を引っ張って、ぼくとおかっぱ頭で出口をさがした。町の人に案内を頼むことはできなかったが、ぼくはまだ、自分のいた町を出たときの「嫌な感じ」を覚えていた。今回は、あんなにはっきりとは感じなかったけど、かすかでもじゅうぶん嫌な「ばちばち」の方に進んでいったら、すんなりと町を抜けられた。

「こんなにすぐに出られるなんて、すごい」と、おかっぱ頭が感心した。もしかしたら、ぼくはほんとうに、「たいしたやつ」なのかもしれない。《集団遊技の町》を抜け出すことに関しては。

それからまた、いくつかの町や村を通り過ぎた。

「ねえ、考えたんだけど」

右手にも左手にも平凡な風景が広がる道の途中で、おかっぱ頭が、何か思いついたときの張り切った様子でしゃべりだした。

「道をはずれてみたらいいんじゃないかな」

「どういうこと？」

だんご鼻ならしょっちゅう道をはずれているけど、と思いながら尋ねた。

「もしかしたら、道をたどりつづける必要はないのかもしれない。鳥の話を覚えてる？」

「もちろん。ぼくたちは、まだ三人だけど、あと一人か二人、仲間が見つかったら、鳥が現れる。そして、ここではない場所に案内してくれるんだ」

「それを、まるまる信じていいのかな」

「そこを信じないと、何も始まらないじゃないか」

ぼくは不安になって、右手を見た。おかっぱ頭やだんご鼻の右手にもある、青い丸。この徴（しるし）が、ぼくを物足りなさのうずきから救ってくれると信じているのに。

「私が言いたいのは、仲間が全員そろうのを待つ必要があるのかってこと。ほんとうに、鳥に案内されなければ、ここととはちがう場所にいけないのかな。それって、もしかしたら、固定観念なんじゃないかな」

固定観念！　さすがはおかっぱ頭。難しいことばを使う。

でも、「住む」や「お茶」が、たくさんのイメージが浮かんでも、何を指すのかわからないままなのとちがって、「固定観念」の意味は、ちょっと考えたらすぐわかった。この差はいったい何だろう。

「ねえ、聞いてるの？　大事な話なのよ」

「うん、わかってる。聞いているよ」

「なら、いいけど。あのね、《集団遊技の町》は、その気になって歩いていけば、外に出ることができるのに、中にずっといる人は、出口に足を向けようとしないでしょう。それと同じように、私たちは、道をはずれることを思いつけないから、ここに閉じ込められているんじゃないかな。仲間がそろったときに現れる鳥は、道の上を歩かなきゃいけないという固定観念を破ってくれる。あの話は、そういうことを意味していたんじゃないかな」

「つまり、話を整理すると？」

おかっぱ頭は歩みをとめて、道の右手に広がるなだらかな草地のほうを向いた。

「もしかしたら、私たち三人だけでも、道をはずれさえすれば、ことはちがう場所に行けるのかもしれない」

ぼくはまじまじとおかっぱ頭の顔を見た。ぼくたちの話をにこにこ聞いているだんご鼻を見た。それから、草地に目をやった。

さすがは、おかっぱ頭。すごいことを思いつく。

「わかった。じゃあ、行こうか」

さっそく草地に踏み込もうとしたら、おかっぱ頭があわてた様子でぼくの肘をつかんだ。

「ちょっと待って。よく考えてからにしなくて、いいの？」

「どうして止めるの。きみが考えたことなのに」

「そうだけど、私の理屈が正しいかどうか、もっとちゃんと吟味してくれても」

やっぱりこいつは、ぼくを《集団遊技の町》から連れ出した男に似ている。とんだ天の邪鬼だ。

「正しいかどうかは、行ってみればわかるさ」

「そうだけど」

「とにかく、行くぞ」

議論するのが面倒になって、ぼくは歩きだした。まだ不服そうな顔のおかっぱ頭と、上機嫌のだんご鼻がついてくる。

どこを向いても嫌な感じはしてこないんで、適当な方向に、ぼくはずんずん進んでいった。

　やがて、道に出た。これまでにさんざん歩いてきたのと同じような土の道だ。しばらくその場にたたずんでいると、坂の下から、赤い髪をした女の人がやってきた。呼びとめて話を聞くと、その道の先には、ぼくたちがこれまでにさんざん通り抜けたのと何も変わらない町があるようだ。

　その人が行ってしまうと、おかっぱ頭が眉間にしわを寄せた。

「ねえ、考えてみたら、町はいつも、坂を下った先にあるよね。それって、意味があるのかな」

「わからないけど、言われてみたら、いつも家並みを見下ろしてから到着しているね」

「道が私たちを、下に向かわせようとしているみたいって思わない？」

「うん。そういう見方もできる。つまり、反対に上に行ってみたらいいってことだね」

　ぼくたちはまた、道を出て、斜面を上へとのぼっていった。どんどんどんどんのぼっていったら、山のてっぺんに到着した。そうなったらもう、下りるしかない。

　あいかわらず、どちらを向いても嫌な感じはしてこないんで、できるだけ歩きにくそうな、岩がちの斜面を選んで下りていくと、また道に出た。

　そんなことを、あと二回、繰り返した。

「今度は、どっちに向かってみる？」

　目印のない原っぱをやみくもに歩きまわって、けっきょくまた道にたどりついたんで、尋ねてみたら、おかっぱ頭は眉間に深くしわを寄せた。鼻の上にも。

「もう、やめましょう。前みたいに、道のとおりに歩いていって、町か村を見つけて、四人目をさがす。やっぱり、それしかないみたいだから」

「そうだね」

ぼくは歩きはじめた。

「だけど、道をはずれてみたのも、まるっきり無駄だったわけじゃないでしょう。『もしかしたら』と思いついたことは、確かめるまで、正しいか、そうじゃないか、わからないわけだから」

おかっぱ頭は、なぜだかいつもより早口だった。

「そうだね」

そのとき、ひとつのことばがひらめいた。

「ねえ、ぼくいま、『負け惜しみ』ってことばを思い出したんだけど、これって、どういう意味だっけ」

おかっぱ頭は、さっき以上のしかめ面をすると、その顔のまま歩いていった。ぼくの問いかけには答えずに。

「なんだよ」と思ったとき、「負け惜しみ」の意味を思い出した。

しまった。おかっぱ頭があんな顔をするのは当然だ。

ぼくらはしばらく無言で歩いた。こういうとき、ぼくは何かを言うべきだと思ったけれど、何を言ったらいいかわからなかった。

「ねえ、久しぶりだと、道を歩くのも楽しいねえ」

だんご鼻が、腕を左右にのばして、からだをゆらゆらさせながら、やじろべえのような格好で歩きだした。

(でも、「やじろべえ」って何だっけ。こんなふうに左右に揺れる何かなんだけど……)

「そうかな」と、まだ不機嫌そうにおかっぱ頭が言うと、「そうだよう」とだんご鼻が笑った。

「この楽しさは、道ばっかりを歩いていたら、わからなかったね」

「そうかな」とつぶやいたおかっぱ頭は、少しほっとしたような顔をしていた。

だんご鼻に、ぼくらの間の気まずさを何とかしようという考えはなかっただろう。そんな器用なことができるやつじゃない。でもぼくは、助けられたような気がした。

町をいくつか通り抜けて、また《集団遊技の町》に入って、すぐ逃げ出し、ふつうの町にたどりついて、四人目を見つけられないまま出発し、峠をふたつ越えた先に、草原が広がっていた。

かすかに傾斜はしているが、凹凸(おうとつ)のほとんどない、広大な野原。どこもかしこも同じくらいの高さの柔らかそうな草におおわれていて、砂地が見えるところや岩が転がっているところはまったくない。

そこに、たくさんの人が寝転んでいた。

「《眠りの丘》だね」

ぼくのことばに、おかっぱ頭がうなずいた。

道の反対側にそびえる山の形がちがうから、前に来たのとは別の場所のはずだけど、草原の様子はそっくりだった。

「うわあ、気持ちよさそう」

だんご鼻が、両手を広げて、草の中に走り込んだ。

「だめだよ、寄り道しちゃ」

この丘に寝転んでしまったら、立ち上がって歩き出そうという気が起きなくなるんじゃないかと心配になって、ぼくはだんご鼻を追いかけた。「待ってよ。おいてかないで」と、おかっぱ頭もついてくる。

案に相違して、ふかふかの草の中に踏み込んでも、眠気をもよおすことはなかった。だんご鼻も、ますます元気になって、前方にいきおいよくジャンプすると、両腕とお腹で着地して腹這いになり、それから、緩い傾斜をごろごろと回転しながら下りはじめた。

「だめだ、危ない。止まれ」

叫んだけれど、無駄だった。だんご鼻はごろごろと転がりつづけ、両手を枕にして気持ち良さそうに寝そべっていた人にぶつかって、乗り上げた。

「何。何が起こったの？」

　ぼくとおかっぱ頭が駆け寄ったとき、だんご鼻はまだ、白いズボンをはいた男の人を押しつぶしたまま、きょろきょろしていた。

　ぼくはだんご鼻を助け起こし、おかっぱ頭は、男のそばにしゃがんで声をかけた。

「だいじょうぶですか」

「んー。びっくりしたなあ」

　男のしゃべり方は、せりふと裏腹なのんびりしたものだった。

　だんご鼻は、立ち上がってからようやく事態を理解したようで、男のそばにぺたんとすわって、顔をのぞきこんだ。

「あのお、私……、ごめんなさい」

「えっ」とぼくは驚いて、目をみはった。

　ごめんなさい。

　聞けばすぐに、意味は理解できた。すごく大切なことばだってことも。

　それなのに、ずっと忘れていた——ぼくの中に存在しなかった。

　ぼくだけじゃない。もう長いこと、だれかが言うのを聞いたことがない。記憶のあるかぎり——つまり、《集団遊技の町》で遊んでいたときからずっと。

　これは、だれにとっても、不意討ちのようなことばだった。

　その証拠に、だんご鼻に押しつぶされたときにはのんきな顔をしていた男も、大きく目を見開いて、片手を頭の下から引き抜き、地面に肘をついて身を起こしかけた。

おかっぱ頭は、口をぽかんと開けている。

その顔を見て、思った。こいつがいつか、しかめ面をして黙り込んだとき、ぼくはこのことばを口にすればよかったんだと。

「みんな、どうしたの」

三人に見つめられて、だんご鼻はきょとんとしていた。自分がどんなに大切なことばをぼくたちに思い出させてくれたのか、まったく気づいていないんだ。

ぼくは、少し笑ってしまった。

こいつは、こういうやつだから、何も考えず気持ちのおもむくままに、ぼくを突き落としたり、寝ている人にぶつかったりしてしまう。そして、何も考えず気持ちのおもむくままにしゃべるから、ほかの人間には掘り出せないようなことばが、するりと言えてしまうんだ。

おかっぱ頭の思いつきは、ここでも間違っていた。ぼくたちがいろんなことを思い出しやすくなっているとしたら、それは、《旅の仲間》といっしょにいるからじゃない。このだんご鼻が、ぼくたちの旅に加わったからなんだ。

「それじゃあ、ぼくはもう、寝ていいかな」

だんご鼻の「ごめんなさい」を聞いたときには見開いていた白いズボンの男の目が、いつのまにかまた、とろんと半開きになっていた。手も頭の下にもどっている。だけどそれからも、まぶたをすっかり閉じてしまうことはなく、細くなった目で幸せそうに青空をながめている。

「ねえ、そうしていて、楽しい？」

　だんご鼻が尋ねた。

「うん。ぼくは、こうやって、うとうとしているのが好きなんだ」

　男は間のびした声で答えた。

「ふうん。でも、ずっと寝そべっていると、背中から根っこが生えたりしないかな」

「ははは。そんなことはないよ」

「ほんとう？」

　だんご鼻は、頭を横にしながら地面にくっつけて、男の背中の下をのぞこうとした。

「ほんとうさ。時々、立ち上がって、場所を移動したりはしているんだよ」

「ふうん」だんご鼻は、疑い深そうに目を細めてから言った。「じゃあ、立ってみて」

「それは面倒くさいなあ」

「ねえ、その人のことはそっとしておいて、もう行きましょうよ」

　おかっぱ頭が、じれたように足踏みをしたが、だんご鼻は意に介さなかった。

「足で立たなくても、背中を起こすだけでも、やってみてよ。手伝ってあげるから」

　そう言って、寝ている男に手を差し出す。

　だんご鼻がおかっぱ頭のことばを聞き流すのはいつものことだけど、こいつがこんなに他人に構うのを初めて見た。

「しょうがないなあ」

男は、断わりつづけるほうが面倒くさいと思ったんだろう。差し出された手を握り、もう片方の手は肘をついて、からだを起こす体勢をとった。

ところが、だんご鼻は男を引っ張ろうとしない。男のほうは、「おや」という感じで首を傾けはしたが、自力で起きるのも、手を振り払うのも面倒なのか、そのままじっとしている。

こいつら、何をやってるんだ。

あらためてだんご鼻を見て、はっとした。

目は何かをたくらむように笑っているのに、口元が真剣だった。

つながれたふたりの手に視線をもどして、「あっ」と思った。

だんご鼻と男は、右手を重ねてじっとしていた。

おかっぱ頭もその事実に気づいたようだ。恐怖をたたえた目でぼくを見た。

だんご鼻が、男の手をはなした。男は、とろんとした顔で微笑むと、ゆっくりと胸の上に手をおろした。甲を上に向けて。

だんご鼻は嬉々(きき)とした表情で、その手を持ち上げ、裏返した。男のてのひらが、ぼくたち三人のほうを向いた。

そこには青い丸があった。

「やったあ。そんな気がしたのよね」

だんご鼻が両手をあげて、ぴょんと跳ねた。

ぼくは、呆然としていた。

だんご鼻がだれかと右手を重ねたのは、これが初めてだ。それで仲間を見つけるなんて、こいつは、偶然おかっぱ頭を見つけたぼくと同じく、たいしたやつだ。

いや、そんなことより、この男が仲間のような気がしたなら、ふつうに説明して、右手を重ねさせてもらえばよかったじゃないか。あんなふうに、騙すようなやり方をしなくても。

「ああ、もう」叫びながらおかっぱ頭が、ぺたんと地面にすわって、頭をかきむしった。

「《眠りの丘》で寝ている人が四人目の仲間なんて、私たちこれから、どうなっちゃうの」

そうだ。いまいちばん問題なのは、そのことだ。上半身を起こすことさえ面倒がる男が、ぼくたちといっしょに旅をしてくれるだろうか。こいつをこの丘から連れ出すことはできるのか。

「しまった、鳥！」

おかっぱ頭がまた大声をあげて、空に顔を向けてきょろきょろした。

「まだ来てないよね。いま来られても、困る。なんとか待ってもらわないと」

そうだ。ぼくたちはこれで、四人になった。もしかしたら、案内をしてくれる鳥が現れるかもしれないんだ。

それは、ものすごく嬉しいことではあるんだけど、いまは困る。この男に徴の意味を説明して、いっしょに旅に出るよう説得してからじゃないと、ついていくことができない。

案内の鳥は、ぼくたちが動かずにいても、待っていてくれるだろうか。

「どうしよう、どうしよう」

おかっぱ頭は立ち上がりかけた中腰のまま、おろおろしていた。だんご鼻は、ぽかんとした顔で、じっとしている。

ぼくは、おかっぱ頭に向かって言った。

「きみは、鳥をさがしてくれ。現れて、案内に飛び立とうとしたら、何とか引き留めろ。ぼくは急いで、この男に説明して、説得する」

「うん、わかった」

おかっぱ頭は引き締まった顔でうなずくと、すっくと立ち上がった。

「きみは、説得を手伝ってくれ」

だんご鼻に向かって言うと、うなずきつつも困ったような顔をした。わかっている。こいつは「説得」って柄じゃない。でも、彼女がろくに考えずにしゃべることばが、この男を動かしてくれそうな気がしたんだ。

「この青っぽい模様、いいなあ。空を見ているときみたいに、うっとりとした気持ちになれる」

男が、自分の右手を見ながらつぶやいていた。「うっとり」じゃなくて、「うとうと」だろうと言いたくなるほど、とろんとした目で。

この目をしゃっきり開けさせないと、旅に出てなんかもらえないぞ。気を引き締めて、男の説得にとりかかった。

「ぼくの手にも、同じ模様があるんだよ」

まずは、男の目の前に、ぼくの右手を突き出した。

「こいつにも」

だんご鼻の徴も見せて、「あの女の子の手にも、同じ模様があるんだ」と、少しはなれたところに行って空をきょろきょろながめているおかっぱ頭を指さした。

「へえー」と感心したように言う男の目は、まだ半分閉じている。

「これは、《旅の仲間》の徴なんだ。《旅の仲間》について、何か聞いたこと、ある？」

男は小さく首を振る。頭をそれだけ動かすのも大儀だというように、ゆっくりと。

「これは、すごいことなのよ。こんなに広くていろんな場所があって、たくさんの人がいる中で、同じ徴をもつ人は、四人か五人しかいないの」

だんご鼻が、自慢げに、右手をぐいと男のほうに押し出した。

こいつが、そんなふうに思ってくれているとは知らなかった。

ぼくは少し安心して、旅の意味と仲間の意味を落ち着いて、男に説明することができた。おかっぱ頭みたいに理路整然とはいかなかったけど、そうばらばらになることなく、ぼくがこことちがう場所に行きたい気持ちもちゃんと伝えられたと思う。

それでも、男のまぶたは半分閉じたままだった。

「だから、ぼくたちといっしょに旅をしてほしいんだ」

話を締めくくったときには、絶望的な気持ちになっていた。

でも、「絶望」って何だっけ。ああ、そうだ。「希望」の反対だ。

ぼくは、だんご鼻に視線を向けた。さっきの「ごめんなさい」みたいに、何かすごいことを言って、男を目覚めさせてくれるんじゃないかと思って。

だんご鼻は、困ったように寄り目になったあと、「ね、旅に出たくなったでしょ」と男に笑いかけた。

それだけか。しかたがないな。こういうびっくり箱みたいなやつは、活躍してほしいと期待するときに、それができるわけじゃない。

男は、とろんとした目で、黙って右手をながめるばかりだ。

そこに、おかっぱ頭がやってきた。

「現れないみたい。これだけ待っても来ないんだから、私たちの仲間は、まだあとひとりいるんじゃゃない？」

「そうだね」

「それで、この人、いっしょに来てくれそう？」

ぼくは無言で肩をすくめた。するとようやく、白いズボンの男が口を開いた。

「旅に出ると、ずいぶん歩かなきゃいけないんだろうなあ」

「そんなことないよ」

だんご鼻がけろりと言った。そんな、すぐばれる嘘をついてもしょうがないのに。

「疲れたら、私がおんぶしてあげる」

おかっぱ頭が真剣な顔で請け合った。こちらは本気なんだろうが、白いズボンの男はからだが大きい。おかっぱ頭が背負って歩けば、足がひきずられることになるだろう。

「旅だから、どうしてもたくさん歩くことにはなるけれど、ぼくたち、もう四人もそろっているんだから、急ぐことはない。休み休み行けばいいよ」

ぼくのことばも、もしかしたら嘘になってしまうかもしれない。休み休み行こうとしても、おかっぱ頭がすぐにじれて、「早く出発しましょうよ」とぼくらを追い立てる気がする。でも、そのときはそのときだ。

「休み休み……。素敵な響きだなあ」

男がのっそりと背中を起こした。それから、まるでぼくたちの顔がまぶしいみたいに、目を細めた。つまり、半分しか開いていなかった目をさらに閉じて、薄目を開けているだけになった。

「あのお、まだ起きていらっしゃいますか」

おかっぱ頭がおそるおそるといった様子で声をかけた。男は、それには答えず、ひとりごとのようにつぶやいた。

「たくさん歩いたあとで、うとうとするのは、気持ちいいだろうな」

そして、立ち上がった。やっぱり、ぼくたちでは背負うことなんかできそうにないほど、長身だった。

「へえ。あなたって、ちゃんと立てるのね」

だんご鼻が感心している。

「うん。それに、歩くこともできるんだよ」

男は、いたずらっぽい笑顔を浮かべると、足を前に踏み出した。思いのほか、しっかりとした足取りだった。どうやら、ぼくたちと旅をしてくれる気になったみたいだ。

「これで、あとひとり見つければいいだけになったのね。最後のひとりくらい、まともな人だといいんだけど」

おかっぱ頭の、よく考えると失礼なひとりごとを、ぼくは聞き流した。四人目が見つかった喜びが、ようやくぼくの胸を満たしはじめていたんだ。

こうして、ぼくたちの四人旅が始まった。

# 5　四人と一羽

道を歩きだしてまもなく、ぼくたちは自然に二列になった。

前を行くのは、おかっぱ頭と白いズボンの男。男の動きはのったりのったりしているが、歩幅が広いので、せかせか歩くおかっぱ頭と進む速度は変わらない。

ふたりの後ろに、ぼくとだんご鼻。四人になったことがうれしいのか、だんご鼻は、いつも以上に弾むような足どりだ。

とりあえず、すべり出しは順調で、男が休みたいと言い出すことも、だんご鼻が寄り道しようとすることもなく、《眠りの丘》が見えなくなるあたりまでやってきた。このままずっと歩いていって、町か村にたどりついて、五人目をさがすことになるんだと、ぼくは思っていた。

ところが――。

おかっぱ頭が急に立ち止まったとき、ぼくは、「ごめんなさい」について考えていた。《集団遊技の町》を出てから取り戻せたもののなかでも、このことばは、特に大事なものだと感じていた。

だから、思い出せてうれしいんだけど、そのことで、新しい物足りなさも生まれていた。たしか、これと対になる、大事なことばがあった気がする。それは、何だっけ。

どすんとぼくは、おかっぱ頭にぶつかった。

「何だよ」

思わず声を荒らげて、次の瞬間、後悔した。いまのは「ごめんなさい」を言うチャンスだった。こいつが急に立ち止まったのもよくないけど、ぼくも前を見ていなかったんだから。

でも、いまさら言うのはおかしい。しまったな。対になるせりふをさがすより、思い出せたことばを使うほうが大切だったのに。

「休憩時間かい？」

おかっぱ頭に少し遅れて足をとめた白いズボンの男が、期待に満ちた顔で尋ねた。

「何か面白いもの、見つけた？」

だんご鼻は、別の期待をしていた。

いつものおかっぱ頭なら、ぼくに対しても、白いズボンの男やだんご鼻ののんきな発言にも、文句を言いそうなものなのに、口を半開きにして、ただ前を指さしていた。

その指の先を見てみると、道の脇に岩があった。上に黒っぽいものが乗っている――と思ったとたん、黒いものはぶわっと横に広がり、飛び立った。

「やった。私たち、四人で全員だったんだ」

だんご鼻が、両手を上にあげながら、ぴょんと跳んだ。

黒っぽいものは、羽ばたきながらこちらに向かってくる。近づいてみると、濃い茶色をしていた。くちばしがとがっていて、目が鋭い。

「鷹？　鷲かな。ねえ、鷹と鷲って、どうちがうの」

おかっぱ頭が、ぼくに聞く。

「わからないけど、どちらも鳥だってことはたしかだ」

そして、大切なのは、そのことだ。《眠りの丘》という、人が大勢いる場所の近くでは現れず、ぼくたちだけになったとたんにやってきたこの茶色は、ぼくたちを《本当の旅》に連れ出してくれる案内の鳥にちがいない。

ぼくとおかっぱ頭は、無言で握手を交わした。それを見てだんご鼻は、白いズボンの男の手をとって、ぶんぶん振った。

鳥は、ぼくたちの頭上までくると、三回輪を描くように飛んでから、道の左側の、まばらに草が生えている砂地の内部へと進路を変えた。

「追いかけなきゃ」

おかっぱ頭が目をきらきらさせて、ぼくの手を引っ張った。だんご鼻は、ひとりでもう駆けだしていたけれど、「走らなきゃいけないなんて、聞いてないよ」と白いズボンの男がぼやくと、全速力でもどってきて、両手で背中を押した。

「がんばって。あの鳥が、とっても気持ちよく休憩できる場所に案内してくれるんだから」

また、そんな口から出まかせを言ってとあきれるぼくの手を、おかっぱ頭が強く引いた。

「急ごうよ」

「うん」と、ぼくも走りだした。だけど、こんな時なのに、旅のことよりも、鳥のことよりも、おかっぱ頭とつないだ手のほうが気になっていた。

目をきらきらさせた女の子に引っ張られて走る——。こういうとき、ぼくは何かを感じなくちゃいけないはずだ。強烈に感じるそのことで、心がいっぱいになるはずなのに。

それなのに、かけらも感じない。ぼくにとって、ものすごく大切な何かのはずなのに。

そのことを考えると、物足りなさなんてものじゃすまない、大きな大きな穴が、ぼくの中にあるみたいで、苦しいような気持ちになった。

「その大切な何かを取り戻すために、いま急いでるんじゃないか」

自分に言い聞かせて、足を動かすことと鳥を見ることに集中する。

鳥は、ぼくらが走るのと同じ速度で飛んでいた。ぼくたちが、最初の勢いを失ってからも。

「ねえ。もしかしたら、そんなに急がなくても、だいじょうぶじゃないか」

おかっぱ頭の手をぐいっと引いて、歩いてみようと伝え、白いズボンの男を押し疲れた様子のだんご鼻も、肩をたたいて、走るのをやめさせた。

ぼくたちが歩きはじめてからも、鳥ははなれてしまうことなく、それまでと同じくらい前方を飛んでいく。

人が歩く速さと、鳥が飛ぶ速さが同じなんて、変じゃないかとぼくは思った。

変なのは、それだけじゃなかった。まわりの景色がぼんやりしていて、よく見えない。ぼくたちは砂地を進んでいるのか、草原とか山道とかに入ったのか、わからない。足もとさえ、土を踏んでいるのか、石の上を歩いているのか、見えないし、ちがいが感じ取れなかった。空もいつのまにか青さを失い、まわりと同じくぼんやりしている。

そんななか、鳥だけははっきりと見えた。

ぼくは怖くなってきた。

急いで追いかけなくても、鳥が先に行ってしまわないことはわかったけど、それでも、何かの拍子に見失ったら――たとえば、白いズボンの男が休憩したいとすわりこんだり、だんご鼻が寄り道しようとしたりして、もめているうちに、鳥がいなくなってしまったら、ぼくたちは、この場所に取り残されてしまうんじゃないか。

ここは、それまでにいたところと明らかにちがっていた。

ぼくたちは、ちがう場所に行きたくて旅をしてきたんだけど、来たかったのは、ここじゃない。だって、ここには何もない。《集団遊技の町》より、もっと。

こんなところで案内の鳥を見失ったら、もう、どこにも行けなくなる気がする。先に進むことも、もとの道にもどることもできなくなって、いつかぼくたちも、ぼんやりとかすんでいって、消えてしまう気が。

ぞっとした。

こんなに怖い思いをしたのは、覚えているかぎり初めてだった。

(でも、おそらくぼくは、思い出せない以前に、もっともっと怖いことを経験している)

怖くて足がすくみそうになった。

だけど、進まなきゃ。転ばないように、鳥を見失わないように、進んでいくしかないんだから。

だれかに手を握られた。またおかっぱ頭かと思ったら、だんご鼻だった。

「だいじょうぶだよ」

前を向いたままそういった顔は、いつもとちがって少しも笑っていなかった。

ああ、こいつも怖いんだなと思った。

「うん。だいじょうぶだ」

だんご鼻の手を強く握り返して、ぼくは進んだ。

「早く、のんびり休める場所に着かないかな。ここはなんだか落ち着かないよ」

白いズボンの男がぼやいた。

こいつが「休みたい」とすわりこんだりしないでいてくれるのは、ここがこんな場所だからのようだ。それなら、この怖さを我慢しなきゃいけないことも、無駄じゃないのかもしれない。

この間も、おかっぱ頭だけは黙っていた。それが気になって、ぼくは鳥から目をはなして、すぐ前を行く背中を見た。

こわばっている……気がする。

「ねえ、だいじょうぶ?」

声をかけても返事がなかった。

「ねえ」

心配になって、だんご鼻の手をはなし、おかっぱ頭の肩をたたいた。

「うわっ」と叫んで、彼女は振り返った。「何するのよ。びっくりするじゃない」

「ごめん。返事がなかったから」

「私に話しかけてるとは思わなかった。そっちの人に言ってるのかと」

それから彼女は、あわててまた前を向いた。

「気を散らさせないでよ。鳥を見失ったらどうするの」

「ごめん。きみがだいじょうぶなら、いいんだ」

そのとき、気がついた。ぼくはいま、二回も「ごめん」ということばを使った。それも、ごく自然に。

さっきはチャンスをふいにしたけど、それを後悔したのは無駄じゃなかったんだ。

元気が出た。

ぼくはちゃんと進んでいる。ぼんやりとしていてまわりがよく見えなくても、目的の場所はきっと近づいている。そう思えた。

「いい方法があった気がするのに」

前を行くおかっぱ頭がつぶやいた。

「何の話?」

「いまみたいなことが起こらないようにする方法。人に話しかけるときに、だれに言っているのか、はっきりさせるやり方があった気がするのに、思い出せない」

「言われてみると、ぼくもそんな気がしてきた」

ぼくは、隣のだんご鼻に目をやった。彼女がいちばん、その手のことを思い出しそうだったから。

だんご鼻は、一心に鳥を見ていた。

「鳥のしっぽって、かっこいいねえ」

見失わないためにというより、見とれているようだ。

「『しっぽ』じゃなくて、『尾羽』」

おかっぱ頭がとがった声で訂正した。彼女らしいやと思ってから、ふと、そのことが、「人に話しかけるときに、だれに言っているのか、はっきりさせるやり方」と関係ある気がした。それを口にしようかどうしようか迷っているうちに、前のほうが明るくなってきた。ぼんやりとした場所に入ってから、初めての変化だ。

「休憩場所が近づいてきたかな」

白いズボンの男がうれしそうに声をあげた。鳥の行く手には、青空も見えはじめた。

「状況が変わるところでは、鳥を見失わないように、特に注意をしなくちゃだめよ」

おかっぱ頭が、たぶんぼくたち三人と自分自身に注意をうながした。

やがて前方に、するどく尖った岩山が姿を現した。その横には、樹木におおわれた山も見える。

足は、平らな岩を踏んでいるのがわかってきた。黄色っぽい岩だ。

「うわあ。ここは寝心地よさそうだ」

足もとの様子がわかるようになったとたん、白いズボンの男が寝転がった。

「気をつけて」

おかっぱ頭が叫んで、男の頭の近くにしゃがみ、片手を男の脇にのばした。

どうしてそんなことをしたかは、すぐわかった。彼女の手のすぐ向こうは、崖になっていた。ぼくたちと尖った山のある風景の間には、広い谷間があったんだ。

崖のふちに近づいて、下をのぞいて、ぞっとした。垂直に切り立った壁のような岩肌が、底のほうの真っ暗な闇にのみこまれるまで続いていた。

「絶壁」ということばが、ぼくの頭に浮かんだ。

「しまった。鳥から目をはなしちゃった。だれか、鳥がどこにいるかさがして」

白いズボンの男を守るために動けないでいるおかっぱ頭に言われて、目線を上げて頭をめぐらせ、自分たちがどんなところにいるかがわかった。

ぼくたちが立って——あるいは、寝て——いる平らな場所のすぐ前には、さっきのぞいた垂直に落ちる崖があり、背後には、高くそびえる急斜面が迫っていた。急斜面は、足がかりのないのっぺりとした岩でできていたが、ところどころに割れ目があって、そこから短い木が生え出ている。

その一本に、鳥はとまっていた。顔はこちらを向いて、鋭い目でぼくたちを見ている。

「だいじょうぶ。近くでじっとしている」

だいじょうぶ、なのかな。

ぼくたちのいる場所から行けそうなところといえば、左手にのびている細い道だけだった。道は、ふたり並んでは歩けないほど狭く、その右側は断崖(だんがい)に切り取られていて、左は手がかりのない岩の急斜面。

「早く起きてちょうだい。危ないし、鳥が動きだしたら、後を追わなきゃいけないんだから」

おかっぱ頭が、白いズボンの男を叱りつけた。

「ここでうとうとできたら、幸せなのになあ」

男はのっそりと身を起こした。

といっても、上半身だけだ。まだ、片膝(ひざ)を抱えてすわっている。

「この下には、何があるのかな」

だんご鼻は、崖のふちに両手をかけて、興味深げに下をのぞきこんでいた。

「頼むから、飛び下りてみようなんて考えないでくれよ」

そのとき、鳥が一声鳴いて、飛び立った。ぼくたちの上空で三回輪を描いてから、道の続くほうへと飛んでいく。

「行かなくちゃ」

そう言うおかっぱ頭は、崖をおそれるように、斜面にぴったりと身を寄せていた。

白いズボンの男は、膝を抱えたまま、首を斜め横に折って、半分目を閉じている。

だんご鼻は、ぼくに言われてから谷底をのぞきこむのはやめたけど、そちらが気になっているのは明らかだった。

どうしよう。こんなやつらと、この細くて危険な道を、ぶじに通り抜けることができるのか。ここから見えるだけでも、くねくねとずいぶん先まで続いていて、いつ終わるのかわからないこの道を。

鳥が、少し先にある木にとまった。こちらを向いて、小首をかしげた。

「行かなくちゃ」

おかっぱ頭は足を踏み出したが、怖いのを我慢しているせいか、へっぴり腰になっていて、危なっかしい。

「ちょっと待って」

ぼくは、彼女の前に出た。

「ぼくが先頭を行くから、きみは最後を歩いてくれ」

「どうして」

前を行かせると、きみが落っこちそうで心配だからと言ったら、こいつはきっと怒るだろう。でも、理屈の好きな彼女には、きちんと理屈で説明しないと。

できるだけ怒らせない言い方をさがしてみた。

「きみよりぼくのほうが、前を歩くのに向いていると思うんだ。きみは……後ろから全員を見ているほうが、しっかり歩ける人間だ」

おかっぱ頭は、少し考えてから、うなずいた。

よかった。ぼくも以前より、ばらばらでなく話ができるようになってきたのかもしれない。

「きみは、ぼくの後ろをついてきてくれ」

今度は、だんご鼻に向かって言った。

「よそ見をしちゃだめだぞ。崖の下に何があるかは、きっと、旅が終わるまでにはわかるから」

こいつの真似をして口から出まかせを言ったら、「うん。わかった」と笑ったから、たぶんしばらくはだいじょうぶだろう。

最後は、白いズボンの男。

「あんたは、その次だ。前を行くこいつと、後を行くあの子に気をつけて、落ちそうになったら、その長い手で助けてくれ」

男はようやく、目を半分よりは大きく開けて立ち上がった。

面倒くさがり屋だけど、気は優しそうだ。そう思ったから、こういう言い方をしたけれど、ほんとうは、こいつがいちばん心配だった。動作はいつもゆっくりだし、背が高くて足も長いぶん、よろけやすそうだ。

だから、真ん中に置いた。落ちそうになったら、だんご鼻とおかっぱ頭のふたりで押さえてもらって、ぼくが引き上げる。

そううまくいくかはわからないけど、この順番が、危険を最も小さくしてくれる気がした。

「行くぞ」

三人に声をかけて、出発した。

鳥が飛び立った。

道はすぐに、ぼくの肩幅くらいの細さになった。両手を左側の斜面につけて、そろそろと歩く。

後ろを振り向く余裕はないから、気配と物音で三人の様子をうかがいながら進んだ。みんな、ちゃんとついてきているようだ。

鳥を見る余裕もなかったけど、こちらも心配なさそうだ。少し先に行ってはもどってきて、ぼくらのそばで羽音をたてる。見張っていなくても、どこかに行ってしまったりはしないようだ。

　道はときどき、ひどく細くなって、足を置く場所を慎重に見定めなくちゃならなかった。

　ここから落ちたら、どうなるんだろうと考えた。

やめておけばよかった。足が震えて、思うように動かなくなった。

考えるな。後ろのやつらが安心して進めるように、しっかりとした足取りで、とにかく前に向かうんだ。

「いつになったら休めるのかな。もうへとへとだよ」

白いズボンの男が弱音を吐いた。口から出まかせでもいいから、だんご鼻が何か気休めを言ってくれないかと期待したけど、彼女の声は聞こえない。

「ちょっと、すわるよ。いいだろう?」

男がついに音をあげた。冗談じゃない。こんな狭い道ですわろうとしたら、バランスを崩して落っこちてしまう。何と言って止めようか考えていると、おかっぱ頭の声がした。

「やめてちょうだい。あなたがすわると、私が前に進めなくなる」

理屈としては正しいが、男を励ますせりふではない。それでも、「わかった」という弱々しい声が聞こえたから、どうやら、こんなところで休憩するのはやめてくれたようだ。

「この道って、つまんないね」

今度は、だんご鼻が不平を言った。

こいつにしてみれば、両手を広げてゆらゆら歩いたり、走っていってもどってきたりができない、ただ慎重に歩くしかないこんな道は、退屈でしかたないんだろう。

「我慢してくれよ。落ちずに最後まで歩く遊びだと思えばいいじゃないか」

「そんな遊び、嫌い。ちっとも楽しくない」

「楽しむために歩いてるわけじゃないのよ」

おかっぱ頭が、理屈としては正しくても、だんご鼻の気持ちをむしろ挫くようなことを言った。

そのとき、少し先に行ってからもどってきていた鳥が、ギャアと鳴いて、ぼくの目の前に下りてきた。そして、激しく羽をばたつかせて空中に静止すると、脚を前に突き出して、鋭く尖った爪をぼくに向けた。

「うわっ」

ぼくは身をすくめながら、左手の急斜面にからだを寄せた。

「どうしたの」

おかっぱ頭が心配そうに聞いた。

「みんな、止まってくれ。落ちないように、ゆっくりと」

言いおえたときには、鳥は姿を消していた。

「あの鳥、いま、あなたのことを襲った？　案内してくれる味方の鳥じゃなかったの」

すぐ後ろでこの様子を見ていただんご鼻が、泣きそうな声で叫んだ。こいつにこんな悲痛な声が出せるなんて、知らなかった。

「案内の鳥が？　そんな、まさか」

おかっぱ頭も動揺している。

やめてくれ。いまの出来事にいちばんショックを受けているのは、たぶん、ぼくなんだ。足ががくがくして、立っているのがやっとなんだ。きみたちをなだめるなんて、無理だぞ。

「でも、きっと何か理由があるはずよ。落ち着いて、それを考えてみましょうよ」

さすがは、おかっぱ頭。声はまだ震えているのに、すぐに毅然と言い放った。

そのとき、頭の上のほうで、大きな音が轟いた。何だろうと見上げるより早く、ぼくたちの少し先に、岩がいくつも落ちてきた。次々に急斜面を転がってきて、道の上で跳ねて、崖の下へと落下していく。

谷底にぶつかる音は、しなかった。いったいこの谷は、どれだけ深いんだ。

「こんなことが起こるなんて、聞いてないよ」

最後の岩が落ちていくのを見送ってから、白いズボンの男がつぶやいた。

同感だ。ぼくだって、《本当の旅》がこんなことを意味するなんて、知らなかった。

知っていたら、ぼくは旅に出なかっただろうか。右手を重ねて仲間をさがしたりせず、町や村をぶらぶら回って過ごしただろうか。

「でも、鳥があなたを襲うようなことをしたわけは、これでわかったね。私たちを助けるためだったのよ」

おかっぱ頭の言うとおりだ。あの鳥は、やっぱり味方だった。鳥はぼくたちに危険を知らせてくれた。案内をするだけでなく、そういう助けもしてくれる鳥だったんだ。

気がつけば、岩が落下していった場所の向こうに、あの鳥がとまっていた。こっちを見ている。鋭い目に、優しい光がともっている気がした。

「さあ、行くぞ。こんなところでぐずぐずしていても、危ないばっかりだからな」

ぼくは、大きな声を出して自分を元気づけると、ふたたび前へと進んでいった。岩が道のはしを削りとっていった危うい場所を通り過ぎ、またぼくたちの近くに来ては羽音を聞かせるようになった鳥とともに、ゆっくりと、確実に、前へ前へと。

道はいつしか、左側の山塊をぐるりと回り込む大きなカーブを描いていた。それまでは、くねくねとした細道が、ずっと先までとぎれとぎれに見えていたのに、いまはこのカーブだけだ。

その道の、見えるかぎりの最後のところに、まるで何かの目印みたいに、白くてきれいな岩があった。

もしかしたら、道はあそこで終わっているのかもしれない。あの先には、広い草原とかの、これまでとはちがった場所があるのかも。

「あそこまで行けば、一休みできるかなあ」

白いズボンの男の声がした。

道が曲がりくねるのをやめたから、先頭のぼくと同じ景色を、後ろの三人も見ているわけだ。みんな、ぼくと同じ期待をしているんだろう。だんご鼻は、「あの先には、何があるのかな」とうたうように声をあげ、おかっぱ頭は「こういうときこそ、あせって足を踏み外さないように、気をつけて行かなきゃいけないのよ」と注意をうながした。

言われなくても、ぼくは慎重に進んだ。白い岩のところまで来た。岩は道をふさいでいたけれど、ぼくの腰くらいの高さだったから、かんたんに乗り越えられた。その先で、道は左に曲がっていた。そちらを向いたぼくの目に映ったのは——崖と急斜面にはさまれた細い道が、くねくねと続いている光景だった。どこまでも。

がっくりと膝が折れそうになった。それから、考えた。後ろの三人がこれを見たら、前に進む力をなくしてしまうかもしれない。

「みんな、気を落とさずに聞いてほしいんだけど」

遠回しに警告しようと思ったのに、「それは、悪い知らせの前置きね」と、おかっぱ頭にぴしゃりと言われた。

「この先もずっと休憩できないなんて、言わないでくれよ」

白いズボンの男の声は、悲鳴のようだった。

「言いたくはないけど、事実はどうしようもない」

ぼくは、少し先に進んで、全員が角を曲がれるようにした。

「もう、無理だ」

白いズボンの男は、斜面にぐったりともたれかかった。

「ねえ、こんな道を行くのはもうやめて、崖を下りてみようよ。少しはつかまるところがありそうよ」

だんご鼻は、また崖の下をのぞきこんでいる。

「案内の鳥は、下に向かって飛んでいったりしてないでしょ」

おかっぱ頭が一蹴（いっしゅう）した。

そうだ。案内の鳥。あの鳥は、どうしている。

目でさがすと、鳥はいままでとちがう動きをしていた。先のほうの道の近くで、くるくると小さく輪を描いて飛んでいる。ぼくらの視線が集まると、こっちを向いてギャアと鳴き、急斜面に向かってまっすぐに飛んでいった。そして、「危ない、ぶつかる」と思った瞬間、消え失せた。

不安にかられながらも、ぼくは慎重に進み、白いズボンの男もだんご鼻も、文句を言わずについてきた。鳥の消えたあたりまでたどりつくと、そこには大きな穴があいていた。

「洞窟だ」

「ほんとうかい」

白いズボンの男が叫んで、こっちをのぞいてみようと崖側に大きくからだを傾けたんだろう。「危ない」「だめ」という声が聞こえて振り向いたら、だんご鼻とおかっぱ頭が手をのばして、男を急斜面側に引きもどしていた。

洞窟は、男がちょっとかがめば入れるくらいの高さがあった。横幅は、ぼくが両手を広げたよりもまだ広い。しかも、奥に行くほど広がっているようだ。

二、三歩中に入ったところの左手の壁に小さなくぼみがあり、その中に、鳥がいた。どうやってこんな狭いところにおさまったんだろう。

鳥は、まるで剝製みたいにじっとしていた。

でも、「剝製」って何だっけ。

目がてらてらと光っていた。ぼくを見ている。何か話しかけるべきかと思ったが、ことばが出てこなかった。

突然、鳥はくぼみを飛び出して、ばさばさという羽音を残して洞窟から出ていった。ちょうど中に入ったばかりだったおかっぱ頭が、振り向いて、首だけ洞窟の外に出してから言った。

「だいじょうぶ。近くにとまってる」

「ねえ、この穴、すぐに行き止まりになるみたい」

だんご鼻が、壁に片手を当てて奥まで走り、突き当たりでくるりと回って入り口にもどってみせた。

「これでやっと休める。ああ、幸せだ」

白いズボンの男は、洞窟の真ん中あたりの岩の床に、両手と両足をのばしてうつぶせになった。

そう、ここでは安全に休める。それはいいんだけれど、穴が行き止まりってことは、休んだあとでまた、あの道を進まなければならないわけだ。

それを思うと、どっと疲れを感じた。壁ぎわにすわって、背中を岩にもたせかけた。

おかっぱ頭は、だんご鼻よりていねいに洞窟を調べていたが、やがて、「ほんとに行き止まりね。秘密の扉もないみたい」と言いながら腰を下ろした。「でも、とにかくここではゆっくり休める。大事なのは、そのことじゃない？」

ぼくは、返事をする気になれないほどくたびれていた。曲げた膝を両手で抱えて、額を膝頭にのせると、目をつぶった。

「交代しようか。そのほうが、合理的だと思うの」

おかっぱ頭の声がした。どうせ、どうでもいい理屈を話しだしたんだろうと思って、ぼくはよく聞いていなかった。

「私も、この道を行くのに慣れてきたから、もう前を歩くのも平気よ。いちばん大変な先頭は、ずっと同じ人じゃないほうがいいけど、このふたりには任せられないでしょ。ねえ、ちょっと。何か答えてよ」

「ああ、ぼくに話しかけていたのか」

ぼくは頭を上げた。

「あったりまえじゃん。がみがみしゃべる人は、ずけずけしゃべる人に話しかけるとき、おでこに三本、しわが寄るんだよ」

久しぶりに聞く、だんご鼻の愉快げな声だった。だけど——。

「ずけずけしゃべる人って、ぼくのことか？」

「がみがみしゃべる人って、私のこと？」

ははは、と男の笑い声が響いた。

「ぼくは、『小さい男の子』、『小さい女の子』、『のっぽの女の人』って呼んでるけど」

いつのまにか男は、うつぶせから、ごろりと横を向いたかっこうになり、片手で肘枕をしていた。

「それって、とっても不合理よ。えーと、こういうとき、どうすればいいんだっけ」

おかっぱ頭が、頭をかきむしって、まっすぐな髪をぐちゃぐちゃに乱した。

「どうしたの？　『小さい女の子』って言われて、怒ってるの？」

だんご鼻が同情的に尋ねた。「がみがみしゃべる人」のほうが、よっぽどひどいと思うけど。

「そうじゃなくて、こういうばらばらなのは、変なのよ。何かこう、大事なことを思い出しかけているのに、残りのあとちょっとが出てこない」

おかっぱ頭はもどかしそうに手をばたばたと動かした。

そうなんだ。ぼくも何かを思い出しかけているんだ。とても大事なこと。ここに来るまでに思い出そうとして、うまくいかなかったことを。

「ごめんなさい」と対になることば？　ちがう。そうじゃない。そうじゃなくて……。

「名前を決めればいいんだよ」

白いズボンの男があんまりあっさり言ったから、ぼくは驚いて、思わず立ち上がっていた。

「名前……」

少し遅れておかっぱ頭も、つぶやきながら立ち上がった。

「うん。だれがだれに話しかけているか、はっきりさせるには、名前を決めて、その名を呼んでから、しゃべればいいんだ」

名前。

そうだ。そういうものがあった。

そしてそれが、これまでのぼくたちに足りなかったものだ。

《集団遊技の町》でも、そのあとに訪れた町や村でも、だれも自分の名前を名乗らなかった。だれかがだれかの名前を呼んでいるのを聞いたこともなかった。だから、その場にいる人は、いつもぼくにとって、「だれか」でしかなかった。

ずっと感じていた物足りなさの正体を、ひとつつかまえたと思った。

名前。

すごく大事で基本的なものなのに、ぼくはずっと忘れていた。

ぼくたちは、名前なしで、しゃべったり、笑ったり、怒ったり、出会ったり、別れたりしていた。

どうしてそんなことができたのか、いま考えると不思議になる。

でも、名前だけじゃない。思い出したとき、どうして欠けていることに気づかなかったんだろうと愕然（がくぜん）とするほど大切で基本的なものが、まだまだたくさんありそうだ。

早くすべてを取り戻したい。そのためなら、旅がどんなに苦しくても、最後まで歩いていけるとぼくは思った。

それに、忘れていたものをひとつ取り戻すたびに、ぼくは何かに近づいている気がする。

たとえば、名前。

たったいま取り戻したものを確かめるように、ぼくは胸に手を当てた。

名前はただ、「だれに話しかけているか、はっきりさせる」ためだけのものじゃない。

それ以上の、すごく大きなものだ。

いまここに、ぼくを《集団遊技の町》から連れ出してくれた男がいないのが残念だった。あいつは言っていた。自分がだれだかわからない。でも、自分がだれだかわかるとはどういうことなのか、考えてみると、よくわからないと。

その答えは、名前だったんだ。もしかしたら、答えの一部でしかなくて、ぼくがまだ取り戻せていないたくさんの答えがほかにあるのかもしれないけど、でも、自分がだれだかわかることの第一歩は、名前を名乗れるということなんだ。

そして、名前というものの存在を思い出せたいまでも、ぼくには自分の名前がわからない。だから、自分がだれだかわからない。

「そうよ、名前よ。私には名前があるはずなのに、どうして思い出せないんだろう」

おかっぱ頭も、ぼくと同じことに気づいたようで、呆然(ぼうぜん)としていた。

こんなすごいことを言い出した白いズボンの男自身は、もう目を閉じて、口を半開きにしている。そういえば、こいつが「疲れた」とか「休みたい」以外のまともなことを話すのを、初めて聞いた。もしかしたらこいつは、ゆっくり休みながらだと、すごいことが考えられるやつなんだろうか。

「私、うさぎ」

だんご鼻が、突然、大きな声をあげた。

「何の話？」

おかっぱ頭が不機嫌に問うと、だんご鼻はますます声を張り上げた。

「お茶でもいいかな。鳥のしっぽでも。あ、しっぽじゃなくて、尾羽だっけ」

「だから、何の話をしているの」

「名前を決めるんでしょ」

だんご鼻にとってそれは、わくわくする遊びらしい。こいつは、自分の名前が思い出せないことが気にならないんだろうか。

「そうね。本当の名前が思い出せないなら、とりあえず、この四人の中で呼びあう名前を決めることが必要ね。それによって、だれに話しかけているか、はっきりさせることができて、旅がやりやすくなるだろうから」

おかっぱ頭が話を整理して、ぼくたちがいまやるべきことを示してくれた。

「でも、自分で勝手につけちゃだめよ。ほかの三人が呼ぶときに使うんだから、その人をイメージしやすい名前じゃないと」

「そう。だったら私は、どんな名前だとイメージしやすいの」

「あなたは、テンネン！」

おかっぱ頭の断定に、ぼくはぷっと笑ってしまった。そうだ。たしか、こういう人間のことを、「テンネン」というんだ。

「ふうん。よくわからないけど、『ネン』ってところの響きがかわいいから、それでいいよ」

こういう反応が、まさにテンネン娘だ。

「じゃあ、ぼくは？」

白いズボンの男が尋ねた。眠っているように見えていたけど、ぼくらの話をちゃんと聞いていたし、名前をつけることに興味がないわけじゃないらしい。

「ウトウト」と、おかっぱ頭。

「背中から根っこが生えてる人」とだんご鼻——じゃなくて、テンネン。

「生えてないよぉ」

男が間のびした声で抗議すると、テンネンは、「でも、そんなイメージでしょ」と笑った。

「それは、あなただけのイメージだし、そんな長い名前、使いづらいからだめよ。そうでしょう」

おかっぱ頭がぼくのほうを向いて、意見を求めた。

「そうだね。長すぎるのはよくないね」

ぼくの頭の中には、「休憩したがり」とか「怠け者」とか「面倒くさがり屋」ということばがぐるぐるしていたが、口に出すのはやめておいた。

「イメージをつかんで、短く表現すると、この人は……」おかっぱ頭が、頭をこぶしでとんとん叩いてから提案した。「ネムリっていうのはどう？　ちょっと、そのまんますぎる気もするけど」

「いいね。ぼくの名前は、ネムリ。そう考えるだけで、幸せな気分になれる」

男はうっとりと目を閉じて、からだの力を抜いた。自分の名前が決まったことに安心して、今度こそ眠ってしまったんだろうか。

「次は、がみがみしゃべる人の番？」

テンネンがまた、テンネンぶりを発揮した。おかっぱ頭はそれには取り合わずに、

「私にも、イメージに合った素敵な名前をつけてね」と微笑んだ。

「理屈屋」

ぼくが言うと、微笑みはたちまち渋面に変わった。

「それって、悪口みたいに聞こえるんですけど」

「合理主義ってのは？」

眠ってはいなかったネムリが提案した。

「名前のように聞こえない。理性って呼んでくれてもいいけど」

「それは、きみの特性と、ちょっとちがう気がするね」

やっぱりネムリは、休んでいると、おかっぱ頭並みに難しいことばを使う。

「じゃあ、知性は？」

「それは、もっとちがうようだね」

「話の整理屋ってのはどうだろう」

ぼくの案はテンネンに、「そんなの全然、この人のイメージに合ってない」と否定された。

それからも、おかっぱ頭が気むずかしく拒絶ばかりするんで、彼女の名前はなかなか決まらなかった。

「そろそろぼくは、本格的に休むよ」

ネムリがまた、だらりとからだの力を抜いた。

「待ってよ。私の名前が決まるまでは、休んじゃだめ」

「うーん。じゃあ、がんばって考えてみるか。そうだな。ご希望の、理性や知性の線でいくなら、分別(ふんべつ)は？」

フンベツか。ちょっと誉めすぎって気もするけど、理性や知性より、こいつのイメージに近そうだ。

「うん。『フン』ってところが、この人に似合ってる」

テンネンが手を打ってよろこんだ。

「音の響きはともかく、それなら、まあ、私の目指すところでもあるわ」

それで、おかっぱ頭はフンベツに決まった。

「じゃあ、ぼくは休むよ」

ネムリが完全に目をつぶった。

「まだだよ。ぼくの名前が決まってない」

すると、目を半分まで開けたネムリと、ぼくを見てにこっと笑ったテンネンと、眉(まゆ)をちょっとしかめたフンベツが、同時に言った。

「リーダー」

「ええっ。嫌だよ、そんな名前」

聞いただけで肩がずっしり重くなったように感じた。冗談じゃない。そんな責任、押しつけられてたまるものか。

「心配しなくても、ただの名前よ。そう呼ぶからって、あなたに決定権を委ねる気はないから」

「うーん、それなら……。だけど、それでも……」

そんな名前、絶対に嫌だと思ったけど、ぼくを見つめる三人を見ているうちに、まあいいかという気持ちになってきた。なにしろ、この三人が瞬時に意気投合したなんて、初めてのことだ。みんながそう呼びたいのなら、名前だけなら、まあいいか。

ぼくが無言でうなずくと、ネムリは安心したように目を閉じた。

「これで、全員の名前が決まったね。よかった。話を整理するとき便利だし、これから旅が順調になりそう」

フンベツが、にっこりと笑った。

「名前をつけるのって、楽しいね。ねえ、もっといろいろつけてみようよ。あの鳥とか、この洞窟にも」

テンネンははしゃいでいた。

「鳥は鳥でいいじゃない」

フンベツが笑顔をひっこめて、面倒くさそうに言った。ぼくも同意見だった。

「うん。鳥は鳥でいいし、洞窟は洞窟でいい」

ごろりと横になって、目をつぶった。細くて危険な道を歩いてきた疲れが、ふたたび襲ってきたようだ。同時に、ここは安全なんだというほっとした気持ちが、じわじわと湧いてきた。

ぼくも休もう。ゆっくりと。どうせ、ネムリが出発する気になるまで、ここに留(とど)まるしかないんだ。この面倒くさがり屋が、いつまたあの崖道を歩きだす気になってくれるかわからないが、ネムリはぼくたちに、名前というものの存在を思い出させてくれた。その結果、ぼくたちは、本物の名前じゃないけど（それに、ぼくはあまり自分のが気に入っていないけれど）、四人の間での名前をもつことになった。

それを考えれば、好きなだけ休ませてやってもいいと思えた。彼のくれたものは、それだけの価値があると。

だけど、ぼくはほんとうは、何という名前なんだろう。

そしてぼくは、だれなんだろう。

# 6　四人と一羽　いっとき一人

「だけど、いくらなんでも、休みすぎだろう」というせりふを、ぼくは口に出さずに飲み込んだ。どうせネムリは聞く耳をもっていないんだから、何を言っても、よけいにいらいらするだけだ。

狭い洞窟の中を小さく歩きまわることで、どうにか気持ちを落ち着かせた。でも、あとどのくらい我慢できるだろう。

「何をしてるの。ひとりで勝手に外に出ちゃだめって言ってるでしょ」

フンベツは、苛立ちをテンネンにぶつけていた。

「鳥に話しかけていたのよ。でも、何も答えてくれなかった」

「当たり前でしょ。鳥には、人のことばはわからないんだから」

「そうなの？」

無邪気に尋ねられて、フンベツも自信がなくなったようだ。

「そうだと思う。根拠は何かと聞かれたら、よくわからないけど。……あ、でも、少なくとも、あなたの言うことを鳥が理解していたとしても、あなたにわかることばで答えることはできないはずよ。だって、それが可能なら、岩が落ちてくるのを知らせるために、リーダーを襲うふりなんかしなくてよかったわけでしょ」

なるほど、とぼくは思った。

「ふうん。つまんないの」

気がつくと、ネムリがうっすらと目を開けて、にやにやとこのやりとりを聞いていた。

「ねえ。そろそろ出発しないか」

ぼくが話しかけると、ゆっくりと首を左右にふった。

「だめだよ。休み休み行くんだろう。ぼくたち、あんなにたくさん歩いたんだから、今度はたっぷり休まなくちゃ」

「大変。鳥が、ずっと先まで飛んでいった。早く追いかけないと、見失っちゃう」

洞窟からまたも顔を出していたテンネンが叫んだ。

「何ですって」

あわててフンベツが入り口に走り、外をのぞいてから、テンネンを叱った。

「すぐそこにいるじゃない。よく見て、ものを言ってちょうだい」

「フンベツこそ、だめじゃん、ほんとのことを言ったら」

どうやら、また、すぐばれる嘘をついただけだったようだ。それだけテンネンも早く出発したがっているってことだけど。

フンベツがテンネンに向かって、嘘をつくことの害悪を説教しはじめた。それを聞いているうちに、いいことを思いついた。

「ねえ、フンベッ。嘘をつくのは、いけないことなんだよね」

「それをいま、疑問の余地がないほど明解に説明しているところでしょ」

「きみはネムリに、こいつが疲れたときは、背負って歩くと約束したよね」

「そうだけど……」

「だったら、きみ、ネムリを背負って行ってよ。そうしたら、ネムリが寝たままでも、ぼくたち、出発できる」

「何ですって」フンベッは、洞窟の入り口からぼくの目の前に飛んできた。「あなた、自分が何を言っているのか、わかってる？　この、ちょっと油断したらたちまち足を踏み外して落ちてしまいそうな危険な道を、人をおぶって歩けと言うの？　それも、こんな大きな人を」

「だって、嘘をついたらいけないんでしょ。そしてきみは、約束をした」

「それは……」

テンネンだったら、「だって、嫌だもん」ですませただろう。でもフンベッには、そんなふうに理屈を超越する技（わざ）は使えない。ことばに詰まって、眉根（まゆね）を下げた情けない顔になった。

「じゃあ、頼んだよ」

追い討ちをかけると、ネムリがのっそりと半身を起こした。

「だめだよ、リーダー。小さな女の子をいじめちゃあ」

「私は『小さな女の子』じゃない」

　フンベツの不服げなつぶやきは、ネムリの耳に届かなかったようだ。

「それに、ぼくだって、あんな道を人に背負われて進みたくはないなあ。ましてや、こんな小さな子に」

　ゆっくりと腰を上げて、ついにネムリは立ち上がった。

「出発するの？」

　よろこんだテンネンがぴょんと跳ねて、洞窟の天井に頭をぶつけた。

「しかたがないから歩くけど、今度こそ、長く歩かないうちに休憩をとってくれよ。あの細い道の途中でも、ぼくたち、歩くのに慣れてきたから、岩によりかかって休むことは、できるはずだよ」

「わかった」とぼくは約束した。

　この約束は守れなかった。

　洞窟までを歩いたのと同じ順番で出発した。ぼくが先頭。フンベツがしんがり。ちがっていたのは、ぼくたちが名前をもっているということだ。後ろに声をかけたいときにも、「おーい、フンベツ。テンネンがきょろきょろしないように、見張っててくれよ」などと頼むことができる。

そう思うだけで、心強い感じがした。

それにぼくたちは、ネムリが言っていたように、この細道を行くのに慣れてきて、それまでよりも速く歩くことができた。くねくねした道をどんどん進んで、見通しの悪い大きな曲がり角をまわったら、ついに、崖（がけ）と斜面が姿を消した。同時に道もなくなって、目の前には、石がごろごろ転がる赤茶けた平地ばかりが広がっていた。

目印になりそうな山や高い木もない荒涼とした大地。こうなったら、鳥だけが頼りだ。ぼくたちは、横一列になって、鳥の飛ぶ方向へと歩いていった。

ふしぎなことに、何の障害物もないだだっ広い平地を、鳥はまっすぐ進まなかった。時々がくんと右や左に進路を変える。その結果、ぼくたちは、まっすぐ進めば百歩で行けるところを、ジグザグに百数十歩かけて進むことになった。

「不合理だわ」

フンベツがつぶやいた。

「そろそろ休むよ」

ネムリが地面にごろりと横になった。

休み休み行く約束だからしょうがないなと、ぼくは黙ってそれを見ていた。フンベツもそう思ったんだろう。無言で肩をすくめると、近くの石に腰をおろした。

鳥はどうしているだろうと見上げると、すごい速さでこちらに向かっていた。しかも、近くまでくると、急降下をはじめた。つばさをすぼめて、弾丸のような形になって。

（でも、「弾丸」って何だっけ）

「危ない」

鳥は、ネムリを突き刺そうとしているみたいに、くちばしを彼に向けていた。

警告したのにネムリときたら、「んー」と間のびした返事をしただけで、動こうとしない。テンネンとフンベツが、鳥に向かって「来るな」というように、ネムリのからだの上あたりで手をばたばたと振った。

鳥は、ふたりが振る手の少し上で激しく翼を動かして、降下をやめると、胸をそらして顔を上空に向け、力強く羽ばたいて、空へとのぼっていった。

ほっとしたけど、いつまた尖ったくちばしを向けて急降下してくるかわからない感じで、ぼくたちの頭上をくるくると飛んでいる。

「ここにいちゃ、だめよ」

フンベツとぼくでネムリの手を引っ張り、少しからだが浮き上がったところでテンネンが背中を押して、なんとか立ち上がらせた。

ネムリがしぶしぶ歩きはじめて、少し進んだとき、背後ですごい音がした。

振り返ると、さっきネムリが寝転がっていた場所から天に向かって、太い火柱が噴き上げていた。火の粉がぼくたちのところまで飛んでくる。

「こんなことが起こるなんて、聞いてないよ」

ぼやきながらも、さすがにネムリも急ぎ足になって、鳥の示すほうへとぼくたちは進んだ。

それからも、ぼくたちの左や右で、時おり高く火柱が上がった。その音と迫力に、ぼくは何度か足がすくみそうになった。フンベッツも顔をこわばらせているし、ネムリも休もうとしなくなった。

でも、この火柱に最もおびえたのは、テンネンだった。がたがた震えながら、ぼくの腕を両手でつかんで、ぎゅっと身を寄せてきた。

あんな高い崖を平気でのぞきこんでいたくせに、こいつの反応はさっぱりわからない。

「これで、鳥がジグザグに飛ぶ理由はわかったわね。火柱が上がる場所を避けるためだったのよ」

こわばった顔のまま、フンベッツが気丈に言った。

なるほどと、ぼくは思った。

だけど、いくら鳥が安全な道を教えてくれても、空を飛ぶ相手とまったく同じに進むのは難しい。時に進路をそれてしまうのか、ぞっとするほど近くで火柱が上がることがあって、そのたびに、ぼくの腕をつかむテンネンの力が強まった。これ以上しがみつかれたら歩けないと思ったとき、フンベッツがすばらしい発見をしてくれた。

「ねえ。火柱が上がるとき、前兆があるみたい」

「何だって？」

「地面が少し盛り上がるの。あそこを見て」

ぼくたちは立ち止まって、フンベツの指さす先を見た。地面の岩が、ひび割れて、わずかに盛り上がっていた。まるで、筍(たけのこ)が生えてくる場所みたいに。

でも、「筍」って何だっけ。

小さな疑問が浮かんだとき、ゴーという音とともに、ひび割れていた場所に火柱がたちのぼった。まるで、光の噴水みたいに、逆向きの滝みたいに、赤い炎が空に向かって駆け上がる。《集団遊技の町》で、ボール遊びの決着がついたときに上がった光の柱を、ぼくは思い出していた。

同じくらいきれいだった。でも、きれいなのにこの火柱は、うっとりではなく、ぞっとさせる。

「ね。進む先にあのひび割れがないか、気をつけて見ていれば、火柱を避けることができる」

「そうだね」

ぼくたちは、二列になった。背の低いぼくとフンベツが、地面に目を配りながら前を進む。後ろのふたりは上を向いて、鳥が進路を変えたらぼくたちに知らせる。

それからは、間近で火柱が上がることはなくなって、テンネンもおびえるのをやめた。

やがて、赤茶けた大地も尽き、新しい景色がぼくらの前に出現した。

葦(あし)みたいなまっすぐな草が、見渡すかぎりぎっしりと生えている平原。

草は、ぼくの腰くらいまでの高さがあり、あんまりぎっしり生えているんで、手でかきわけても地面がよく見えない。

それでも、鳥は先へと進んでいく。

「行くぞ」

ぼくたちはまた、ぼくを先頭にした縦一列になった。目の前の草を手でかきわけて、少しだけ歩きやすくしてから、よく見えない地面に足を下ろす。

あまり速くは進めないが、慣れてくると、そう大変な歩き方でもなかった。

いくらか進んで、この場所では火柱が上がらないと確信したんだろう。

「今度こそ、休憩するぞ」

ネムリがきっぱりと宣言した。そして、ぼくが「どうぞ」と言いおえるより早く、からだが半分見えなくなった。

だけど、寝転んだわけではなさそうだ。すとんと胸から下が消えて、草の上には肩から先が出ているだけになっていた。いつもはだらりと垂れ下がっている両腕が、天に向かってもがいている。

「うわあ。助けてくれ」

どうやら、穴に落ちたようだ。

三人で、力を合わせて引き上げた。

「私のすぐ横にも、穴がある。ここは、落とし穴だらけみたいね」

フンベッが、足で地面をさぐりながら言った。

「それに、すっごく深い穴もあるみたい。この底には、いったい何があるんだろう」

テンネンの声がするのに、姿が見えない。

「テンネン。どこにいるんだ」

大声で呼ぶと、立ったまま、まぐったりとしているネムリの少し先で草が揺れ、あっちこっち向いてる髪と、くりくりした目と、だんご鼻が姿を現した。

「ここよ。穴があったから、のぞいてたの。でも、よく見えなかった。すっごく深くて、下のほうからゴオーッて音も聞こえた」

くりくりした目を輝かせて報告する。そんなところに落っこちたら、いったいどうなってしまうんだろう。

「落ちないように、慎重に行くぞ」

足で地面をさぐりながら、そろそろと進んでいくしかなかった。

うっかり休むこともできない草地を、ゆっくりゆっくり進んでいって、テンネンが三回とネムリが二回、ぼくが一回、深い穴に落ちそうになって、ほかの三人に助けてもらい、もうへとへとだと思ったとき、ネムリが叫んだ。

「小屋が見える。あそこまで行けば、休めるぞ」

ネムリのやつ、疲れすぎて幻を見てるんじゃないかと思ったが、ほんとうだった。鳥の行くずっと先に、木組みの小屋がぽつんと建っている。

ぼくたちが小屋に気づいたと同時に、鳥はスピードを上げて飛んでいき、小屋の屋根に降り立った。

ベッドひとつない、がらんとした小屋だった。

だけど、壁があって、屋根があって、床があった。

そう、肝心なのは、床だ。ここでは、穴に落ちる心配なく、のんびりしていられる。

「幸せだなあ」

小屋の真ん中に大の字に寝転んで、ネムリはしみじみと言った。

「この前の洞窟といい、この小屋といい、休憩するための場所が、ちゃんと用意されているみたいね。それがわかっていれば、どんなに道が大変でも、がんばれるね」

フンベツが、ここまでの旅路について整理してくれたけど、それを聞いても、だれも元気づけられなかった。

ぼくは、それって、変じゃないかと思った。何がどう変なのかは、考えてみてもわからなかったけど。

「ほんとうに、大変だったなあ」

ネムリは、ほとんど閉じた目で天井を見上げながらぼやいた。

「そうよ。どんどん大変になってきてる。おもしろいことは、ちっともないのに」

テンネンまで不満顔だ。

そうなんだ。旅はどんどん大変になっている。というより、考えてみたら《本当の旅》に出る前、ぼくたちには「大変なこと」なんてなかった。この旅によって、ぼくたちは、「ぞっとする」とか「大変だ」とかを取り戻しているともいえそうだ。

でもぼくは、こんな苦労を取り戻せてうれしいとは思えなかった。この先には、すっかり忘れていたもっと大変なことが待っているんじゃないかと、怖くさえあった。

そのときネムリが、寝言みたいにつぶやいた。

「だれが、ぼくたちに、こんなことをさせているんだろうね」

「それ、どういう意味」

フンベツの問いかけに、返事はない。

ぼくとフンベツは、思わず顔を見合わせた。彼女も、ネムリの発した疑問に虚をつかれたという様子だった。

ぼくはずっと、自分の意志で旅していると思っていた。でも……。

「考えたこともなかったけど、こういうことすべての後ろに、だれかの意図があるって可能性も、ないわけじゃないのね」

ぼくと反対の壁ぎわにすわっていたフンベツは、両手で自分の肩を抱きしめていた。

そうだ。さっき、休憩場所が用意されていると聞いて、素直によろこべなかったのは、そのせいだ。

用意されているということは、だれかが用意したってことだ。でも、いったいそれは、だれなんだ。

手を重ねると現れる徴。案内してくれる鳥。そうしたことを教えてくれた男たち。さまざまな危険な道。休憩場所。

これがみんな、偶然あるんじゃなくて、だれかが用意したのだとしたら、その「だれか」は、とてつもなく大きな存在だ。いまのぼくでは、考えてみることもできないほど。

「だいたい、私たちって、何なんだろう。どうしてこんなところにいて、どうして、名前も過去も思い出せないんだろう」

フンベツが、別のやっかいな疑問を持ち出した。するとネムリがまた、ぼくらでは思いつけないほどおそろしいことをぼそりと漏らした。

「そもそも、ぼくたちは人間なんだろうか」

こいつが、休憩を与えると、こういうことに頭がまわるようになるやつなら、二度と休ませてやるものかと、ぼくは思った。

「人間じゃなかったら、何なの」

テンネンが真顔で尋ねた。ネムリからの返事はない。

「そういうことは全部、旅が終わればわかるんだ。いまはただ、進んでいくしかないんだよ」

ぼくは大声をあげると、壁を向いてごろりと横になった。もう何も考えたくなかった。だれのことばも聞きたくなかった。

小屋を出たぼくたちは、岩山を登った。道のない険しい山で、両手両足を使って這うように登っていくしかなかった。鳥は、常にぼくの少し先にある岩の出っ張りにとまって、登りやすいルートを教えてくれた。休める場所なんてまったくない尖った山頂を越えて、登りよりも大変な下りをこなし、ようやく二本の足で立って歩けるようになったぼくたちを、うれしい光景が迎えてくれた。

集落だ。なだらかに下る道の先に、家が何軒かかたまって建っていた。かつてはよく見た景色だけど、《本当の旅》に出てからは初めてのことだ。

しかも、そこには人がいた。家と家の間に、四角いテーブルが三つほど置かれた空き地があり、テーブルのひとつを、五人の男女が囲んでいた。

ぼくたち以外の人間がいる。

それだけのことに、胸がじーんとするような感じがして、ぼくはうれしかった。

五人の中でいちばん目立っていたのは、大柄な髭面の男だった。ほかに、明るい色の目をした女の人と、頬がげっそりとこけた疲れた顔の男性と、少年と少女がいた。

少年は坊主頭で、少女は腰まである長髪。ふたりはこちらに背中を向けてすわっていたけど、ぼくたちに気づくと、ふたりいっしょに振り向いて、ふたりいっしょににっこりと笑った。

「いま、到着？　あの岩山、大変だったでしょう」

明るい目の女性が、片手を肩の高さまで上げて軽くふった。

ぼくたちは、隣のテーブルに席をとった。

「あなたたちも、《旅の仲間》なんですか」

フンベツが尋ねると、髭面の男が「うん」とうなずき、視線を左手の家の前に立つ木へと飛ばした。葉っぱ一枚ついていない、裸の木だ。

そちらを見ると、高いところにある枝に、大きなオウムがとまっていた。顔は黄色、胴は鮮やかな赤、翼と長く垂れている尾は、きらきら光る緑色をしていた。

「うわあ、きれい」

テンネンが目を丸くしている。羨ましいのかな。まあ、ぼくもちょっと羨ましい。だって、これだけ色鮮やかだと、見失うおそれがなさそうだ。

そこまで考えて、はっとした。ぼくたちの鳥は、どこにいる？　まさか、こんなことを考えたぼくたちを見捨てて、どこかに行ってしまったりしてないよね。

きょろきょろすると、いた。ぼくの背後にある家の屋根にとまっている。

(ごめんなさい。さっきのは嘘です。ぼくは、あなたがいちばんいい)

心の中で話しかけてみたけれど、鳥は何の反応も示さずに、まるで風見鶏みたいに、屋根の先端で胸を張ってじっとしていた。

でも、「風見鶏」って何だっけ。

ああ、そうだ。屋根の上についている、鳥の形をした飾りで、いまみたいに風がないときは、あんなふうにじっとしているんだ。

ネムリはいつのまにか、テーブルにつっぷして眠っていた。フンベツは五人組に、旅に出たいきさつや、途中の様子、この先について何か知っているかといったことを次々に質問した。

疲れた顔の男がことばすくなに返答したのを聞くと、いきさつや途中の様子はぼくたちと何も変わらない。この先のことは何も知らない。つまり、新しいことは何もわからなかった。

フンベツの矢継ぎ早の質問に、疲れた顔の男が答えに詰まると、髭面が助け船を出した。坊主頭の少年と髪の長い少女は、ふたりで顔を見合わせて、くすくす笑ってばかりいた。明るい目の女性は、そんな四人を優しくながめている。

仲が良さそうだなと思った。ぼくたちほど、ばらばらじゃない感じがする。

そこに、別の一団がやってきた。女性ばかりの四人組だ。四人は、ぼくたちや五人組からの挨拶(あいさつ)に応(こた)えないまま、空いていた最後のテーブルにつくと、自分たちだけのおしゃべりに興じはじめた。

いろんな仲間がいるんだなと思った。

ばさばさと、聞き慣れたのとちがう大きな羽音がした。見上げると、白くてぶかっこうな鳥が、翼を大きく広げて舞い降りてきた。首が長くて、脚が短くて、胴体はずんぐりしていて、くちばしが長い。

鳥は、オウムと同じ木の低い枝にとまった。すると、長すぎる首と短すぎる脚がたたまれて、ずんぐりした胴体と長いくちばしだけが目立つようになった。よく見ると、枝を握る爪——指というべきなのかな——の間には、分厚そうな水かきがついている。長いくちばしの下半分は、上半分とちがってかっちりしておらず、少しだらんと垂れていた。

えーと、これは、何ていう鳥だっけ。

ああ、そうだ。ペリカンだ。たしか、くちばしの下のだらんとしたところが拡がって、大きな袋になるんだ。

案内の鳥にも、いろいろな種類があるようだ。

テンネンが、ふらりと立ち上がった。見ると、口をぽかんと開けている。視線はペリカンに釘付けだ。そのままふらふらと、とまっている枝の下まで行って、どんぐり眼で見つめている。

まずいぞ、とぼくは思った。ペリカンは、いかにもテンネン好みの鳥だ。「私、こっちの鳥が好きだから、この人たちについていく」なんて言い出しかねない。

「あのさ」

ぼくは、テンネンのそばに駆け寄って、腕をつかんだ。彼女がとんでもないことを口に出す前に、気をそらせようと思ったんだ。でも、何を言ったらいいかわからない。

「ねえ、リーダー。この鳥、すごいよね」

するとペリカンが、くちばしの下の袋をぷわっと膨らませた。テンネンは、目玉が落っこちそうなほど目を見開いた。

やっぱりまずい。何とかしなくちゃ。

「あのさ、ちょっと聞いてくれる？」

返事がない。ぼくの声も耳に入らないほど、ペリカンに心を奪われているんだ。

今度は腕を揺さぶりながら話しかけた。

「あのさ、名前をつけよう」

「え、何？」

かろうじて返事はしたが、上の空で、ペリカンだけを見つめている。

「案内の鳥に、名前をつけたいと言ってたよね。あのときは必要ないと思ったけど、やっぱり、鳥にも名前があったほうがいい」

テンネンが、ぼくのほうを向いた。

「つけていいの？」

「うん。これからみんなで、鳥の名前を考えよう」

ぼくはすかさずテンネンを、ネムリとフンベツのいるテーブルに連れ戻した。

案内の鳥に名前をつけることに、フンベツも反対しなかった。

「でもその前に、あの鳥が鷲(わし)なのか鷹(たか)なのか、はっきりさせたいわよね」と、ないものねだりはしたけれど。

「しっぽ！　……あ、尾羽だった。かっこいい尾羽さんっていうのは、どう？」

テンネンはすっかりはしゃいでいる。

「長い名前はだめって言ったでしょ」

「先導者は？」

ぼくは、自信満々に提案した。あの鳥のイメージは、まさしく先導者だ。

ところが、テンネンは「響きがかわいくない」と不満げで、フンベツは「鳥に『者』ってつけるのには、違和感をおぼえる」と首を横に振った。

「おじいさん」

急にネムリの声がしたんで、びっくりした。眠っているとばかり思っていたのに、いつのまにか片頬をテーブルにつけて横を向き、半分だけ開いた目でぼくを見ていた。

「なぜだかわからないけど、あの鳥、うんと年寄りのような気がするんだ」

ネムリに言われると、そうかなと思えてくる。

「だとしても、おじいさんって名前はどうかしら。もしかしたら、おばあさんかもしれないわけだし」

　フンベツが、役に立つんだか立たないんだかよくわからない指摘をした。

「じゃあ、先導するおじいさんって名前は？」

　テンネンが、フンベツの指摘を無視して、ぼくとネムリの折衷案を出した。

「だから、長い名前は……」

「縮めて、センジイ。名前っぽいだろ」

　それだけ言うとネムリは、横を向いたまま、まぶたをしっかりと閉ざした。

　たしかに、名前っぽいし、悪くない。

「だから、センジイじゃなくて、センバアかもしれないって言ってるのに。だいたい、年寄りというのも根拠のない話だし。でも、名前だから意味にこだわらなくていいと考えるなら、呼びやすいし、親しみやすい、悪くない案といえそうね」

　フンベツが、面倒くさい言い方で賛同した。

「じゃあ、決まりね」

　テンネンがパチパチと手をたたき、鳥のいる屋根を見上げた。

「あなたの名前は、センジイよ。それでいいでしょ」

　鳥は、じらすようにしばらく動かずにいたけれど、突然ぱっと飛び立って、ぼくらの上で一回輪を描き、もとの場所にもどって、また風見鶏になった。

　それは、マルってことだよね。

　テンネンもそう思ったようで、うれしそうに目を細めている。

よかった。これでもう、オウムやペリカンに気をとられたりしないだろう。

「私たち、もう行くね」

五人組が立ち上がった。彼らは、ぼくたちが鳥の名前を決める相談をはじめてから、そわそわと落ち着かない様子だった。早く出かけたいのに、言い出すきっかけをつかみかねていたのかな。

「バイバイ」

テンネンが、まったく未練のない様子で、五人組とオウムに手をふった。

ぼくは、少し名残惜しかった。あとから来た四人は、自分たちだけでかたまって、ぼくらや五人組と口をきこうとしないままだったから、彼らが出発してしまったら、話をする相手はまた、いつもの連中だけになってしまう。

ぼくはあらためて五人を見た。

フンベツの質問に答えてくれた疲れた顔の男と、髭面の男。いつも笑顔の明るい目をした女の人。坊主頭の少年と、腰まである長い髪の少女。

この人たちと、もう少しだけいっしょにいたいと思った。

「集落のはずれまで、送っていくよ」

ぼくは立ち上がった。

「やめなさいよ」

フンベツが、ぼくの腕をつかんで伸び上がり、耳元でささやいた。

「この人たち、私たちの話を聞いて初めて、名前というものの存在を思い出したのよ。さっきから、びっくりしたり、そわそわしたりしてたでしょ。きっと、早く五人だけになって、自分たちの名前を決めたいのよ」

なるほど。そう言われたら、たしかに、この人たちの落ち着かない様子は、ただ早く出発したいってだけではなさそうだった。

「どうしたの？」

歩きはじめていた明るい目の女の人が、振り返ってぼくに言った。

「送ってくれるんでしょ。旅をはじめてから、人に見送ってもらうのって、初めてよ」

楽しみにされているんじゃ、やめるわけにはいかない。それに、どうせすぐに、彼らは五人だけになれるんだ。家がなくなるところまでのわずかな道のりを、遠慮する必要はないだろう。

「やっぱり、行ってくる」

少し歩いてから、フンベツが怒っていないか気になって、振り返った。彼女は、しょうがないわねという顔で肩をすくめただけだったけど、隣のテンネンが、なぜだかぼくをにらんでいた。

「大変そうね」

明るい目の女性が、ぼくに話しかけてきた。

「何が？」

「あの三人の面倒をみるの」

思いもかけないことを言われたと思った。

ぼくが、あの三人の面倒をみている？

たしかに、ネムリを出発させるための工夫をしたり、テンネンがぼくらからはなれてしまわないように気を引いたり、フンベツのややこしい理屈を聞いてやったりはしているけれど、仲間なんだから当たり前だと思っていた。

ぼくは、大変なことをしているのかな。

休みたがりのネムリ。何をしでかすかわからないテンネン。理屈ばかりのフンベツ。

大変、だよな。

明るい目の女性は、それ以上何も言わずに、にこっと笑ってぼくのそばをはなれ、髭面の男の横に行って、小声でふたりだけの話をはじめた。

「知ってるかい」

いつのまにか、坊主頭の少年がぼくのすぐ横にいた。

「ここまで来たら、旅は、ひとりでもできるんだよ」

これも意外すぎて、すぐには意味が理解できなかった。

「鳥に案内してもらわないとたどりつけないのはここまでで、あとは、ひとりでもだいじょうぶなんだよ」

「どうして……」

この子はどうして、そんなことを知っているんだろうとか、どうしてぼくにそんなことを話すんだろうとか、いろんな疑問が頭の中をぐるぐるして、ぼくは何も言えなくなった。

「信じちゃだめよ」

反対隣を、髪の長い少女が歩いていた。

「その子はいつも、嘘ばかり言っているの」

「ちがうよ。嘘ばかり言うのは彼女のほうだよ。つまり、ぼくが嘘つきだというのは、嘘」

「ほら、また嘘をついた」

「え？　え？」

右に左に首を動かしているうちに、わけがわからなくなってきた。

ふたりは同時に笑い声をあげて、手をふった。

「じゃあね」

気がつけば、建物があるのはそこまでで、目の前には、まばらに草の生える平原が広がっていた。その中に、赤い煉瓦(れんが)を敷いた小路(こみち)がまっすぐにのびている。

五人は、きらきらと輝く緑の尾をたなびかせて飛んでいく鳥について、ひとかたまりになって歩いていった。

広場にもどると、ネムリはテーブルにつっぷして眠っていた。テンネンは地面にしゃがんで、棒切れで絵のようなものを描いていた。フンベツは、頰杖をついて、眉間にしわを寄せている。何か考えごとをしているんだろう。

「この先は、歩きやすそうな道になっていたよ。しばらくは、苦労せずに進めそうだ」

「そう。よかった」

フンベツは、あまりうれしくなさそうな声で答えた。

「ねえ、見て。センジイを描いたの」

テンネンが立ち上がって、地面を指さしたが、その絵は鷹にも鷲にも、鳥にさえ見えなかった。

やがて、ペリカンと四人組が出発した。ぼくも早く先に進みたかったけど、ネムリが承知しないので、空いている家の一室で、四人で休んだ。

それから、三組の仲間たちがやってきて、少し休んで出発しても、ネムリは旅を再開しようとしなかった。

どんどん先を越されていくのが悔しくて、ぼくは地団太を踏んだ。

「いらいらしないでよ。早く行くより、確実に進むほうが大切でしょ」

フンベツが長々と、「早く出発すればいいことがあるという根拠はない」ことを説明したが、ぼくの苛立ちはおさまらず、ネムリがやっと歩く気になったときには、あの少年のことばが頭の中をぐるぐる回っていた。

ここまで来たら、旅は、ひとりでもできる。

ひとりでもできる。

ひとりでも――。

だから、どうした。

歩きだしたら、ぐるぐるが止まって、嘘みたいに気が晴れた。ぼくはずっと、こうして旅してきた。これからも、仲間といっしょに歩いていくんだ。そう思えた。

だいたい、落ち着いて考えてみたら、あの少年のことばは、いかにも嘘っぽかったじゃないか。ぼくにいたずらをしかけているみたいな、意地悪な顔をしていたし、戸惑うぼくを見て、少女といっしょに笑っていた。絶対に、親切な人間じゃない。

それに、ひとりで旅ができると言いながら、あの少年は、仲間といっしょだった。

まあ、彼の仲間は、ぼくの仲間ほどやっかいそうではなかったけれど。

それにしても、ぼくはひとりになりたいなんて考えたこともなかったのに、あいつはどうして、あんなことを言ったんだろう。

歩きやすい煉瓦の道はすぐに終わり、ぼくたちは、ゆらゆら揺れる長い吊り橋をわたった。

フンベツが怖がっているのに、テンネンはおもしろがって、よけいに橋を揺らそうとした。とろんとした顔で歩くネムリは、橋の動きそのままに、上背のあるからだを不安定に揺らめかせていたから、ぼくはテンネンをたしなめながら、ときどきネムリを押さえてやらなきゃいけなかった。

　それから、すべりやすい泥の坂道をのぼった。

　何度目かの長い休憩をとっていたとき、テンネンとフンベツが、それぞれ重要なことを思い出した。

　最初は、テンネン。

　いや、フンベツが先だったのかもしれない。でもあいつは、すぐに話してくれなかったから、順序はよくわからない。

　ぼくたちは、白い円形のテントにいた。外では時おり強い風が吹いて、テントの布がばたばたと音をたてたが、中に吹き込んでくることはなく、ぼくたちはゆっくりしていられた。

　歩いているときには、やっかいな風だった。時には前に進めなくなって、からだを丸めてじっとしていなくてはならなかった。一度など、全員でかたまって肩を抱き合っていないと飛ばされそうな強風に見舞われた。

　だけど、風がないときには、鳥のあとをついてふつうに歩けばいいだけだったから、それまでの崖ぞいの道や、火柱の上がる荒野や、落とし穴だらけの草地や、岩山や泥道にくらべたら、ずっと苦労なく進むことができた。そんなに休む必要はないはずなのに、ネムリはいつまでも、ぐったりと寝そべっている。

風がやむと、テントの中はしんと静まった。フンベツがめずらしく、自分の考えにふけって、さっきから少しも口をきかない。テンネンも黙ったまま、おかしなしぐさを繰り返しては、ひとりで首をかしげている。

何をしているんだろうと見ていると、つぼみのような形に合わせた両手を上下に動かした。次に、右手を、握るでも開くでもない中途半端な形にして、やっぱり上下に動かした。右手の徴をながめるように、ちょっとのあいだてのひらを目の前にかざしてから、また両手で上下の動き。

それを何度か繰り返してから、手といっしょに首まで動かしはじめた。喉をそらせて上を向き、中途半端に開いた右手を口元に当てる。

「わかった」

叫んで、ぴょんと立ち上がった。

「お茶は、飲み物だ！」

「飲み物？」

ネムリががばと半身を起こした。

「飲み物……」

ぼくはぽかんと口を開けた。

フンベツは、何も言わずに目を大きく見開いていた。

そうだ。お茶は飲み物だ。どうしてそれを忘れていたんだろう。

「お茶は飲み物。飲み物、大好き。お茶以外にも、いろんな飲み物があった」

テンネンは、うたうように大声をあげながら、テントの中をぴょんぴょん跳び回った。

「ねえ、私……」フンベツが、悲愴な声をあげた。「もうずっと、何も飲んでない」

そうだ。何も飲んでいない。だいたい、喉がかわいたことがない。だれかが何かを飲んでいるのを見たこともない。

みんな、「飲む」ということを忘れていたんだ。

どうして忘れていられたんだろう。すごく大事なことなのに。それに、思い出しても、何かを飲みたいと思わない。それは、なぜなんだ。どうしてぼくは、何も飲まなくても平気なんだ。

――そもそも、ぼくたちは人間なんだろうか。

いつかネムリが持ち出して、ずっと頭から追い払いつづけていた疑問が、目の前につきつけられた気がした。

怖かった。崖の下をのぞいたときよりも、おそろしかった。すぐ後ろで火柱が上がったときよりも、ぞっとした。

「あーあ、お茶が飲みたいな」

テンネンが、のんきにぼやいた。こいつは、この事態を怖いと思わないのか。

「何も飲んでないだけじゃない。食べてもいないね」

やはりのんきな、とろんとした声で、ネムリが言った。

やめてくれ。ぼくだって、「飲み物」と聞いたときに、食べ物のことも思い出しかけていたんだ。だけど、食べることさえずっと忘れていたという事実は、怖すぎるから、考えないようにしていたんだ。どうしてこいつは、あっさりと指摘できるんだろう。食べることと、飲むこと。

すごく大切なこと。なくてはならないもの。

それを忘れていたぼくは、半分ぼくとはいえなかったんじゃないか。

（ああ、そうか）

《集団遊技の町》を出てから最初に訪れた集落で、人が集まっているのを見たときに、強烈な物足りなさを感じた理由がわかった。

人がわいわいとテーブルを囲んでいるところには、飲み物や食べ物がなくてはならなかったんだ。皿がカチャカチャ鳴る音や、グラスをぶつけあう音が必要だったんだ。

「よかったなあ、飲み物のことが思い出せて。こうやって休みながら、お茶のことを考えると、幸せな気持ちになれるよ。テンネンが思い出してくれて、ほんとうによかった」

ネムリがとろんと微笑んでいた。いったい、どこまでのんきなんだ。

「そうだね。考えるだけで、楽しいよね」

テンネンが同調する。

ぼくはフンベツに視線を向けた。彼女がこのふたりを、のんきすぎると叱ってくれるんじゃないかと期待して。

ところが、フンベッツまで微笑んでいた。

「あのね、ネムリ。こういうときには……」

何かを言いかけて、やめた。のんきなふたりは気にも留めなかったけど、フンベッツにはめずらしいことだ。

「いま、何を言おうとしたの？」

尋ねると、彼女は、唇の間から赤い舌先をのぞかせた。

「ナ、イ、ショ」

やめてくれ。こんなときに、物足りなさをうずうずさせるような真似は。

だいたい、フンベッツだってついさっきまで、飲み物のことでショックを受けていたのに、いつのまに立ち直ったんだ。

「どうして、きみまで、平気な顔をしているんだ。ずっと何も飲んでいないことは、もう気にならないのか」

「考えてみたら、むしろ好都合だって気がついたのよ。旅をしながら、食べ物や飲み物をさがすのは大変でしょ。どちらの必要もないってことは、旅の苦労がひとつ減っているということで、いいことなのよ」

ぼくには、そんなふうには考えられなかった。

「でも、変じゃないか。飲んだり食べたりしなくても平気だなんて。ぼくたちは、いったい何なんだと、怖くならないか？」

「私たちは、いったい何なんだろう――それは、ずっと知りたいと思っていることだけど、旅を最後まで続けたら、きっとわかるんだと思う。そのために私たち、旅をしているんだから」

そのとき、強い風が吹いてきて、テントがひゅーと音をたてた。

センジイはどうしているだろうと考えた。こんなに風が強いんだから、中に入ってくればいいのに、テンネンが誘っても、テントの上を動かなかった。いまもまだ、そこにいるんだろうか。

風がおさまり、あたりが静まってから、ぼくはあらためてフンベツに聞いた。

「ねえ、きみ、さっきネムリに何を言いかけたの」

食べたり飲んだりしなくていい、何か大きなものが欠落している自分のことを考えたくなくて、ぼくはこの謎に固執した。

「内緒（ないしょ）って言ったでしょ」

「どうしてさ」

フンベツは、人の質問を無下にできない。このときも、困ったように鼻の上にしわを寄せてから、説明をはじめた。

「あのね、ネムリのいた丘で、テンネンが『ごめんなさい』って言ったとき、私たち、とってもびっくりしたでしょ。びっくりして、大事なものが帰ってきたみたいで、うれしかったけど、私は同時に、もどかしさも感じたの。『ごめんなさい』と同じくらい大切で、似たことばがあった気がして」

「そうなんだ。ぼくも、『ごめんなさい』と対になることばがあるんじゃないかと、気になっていたんだ」

「そうね。『似たことば』じゃなくて、『対になることば』。あなたの表現のほうが、正確ね」

彼女はどうでもいいことにこだわってから、話を続けた。

「その、対になることばを思い出したくて、ここに着いてからずっと考えていたの。これまでに見たり聞いたりしたことをひとつずつ思い返して、どこかにヒントがないかさがしていって、あなたと出会ったときのことを考えていたら……わかったの」

「ほんと?」

ぼくは、テンネンの「ごめんなさい」を聞いたときのことを思い出して、うれしくなった。

「ごめんなさい」は、ことばだ。ことばは聞いただけで、まるまる取り戻したって気持ちになれる。こんなに大事なことを忘れていたなんてと愕然としても、それはわずかな間のことで、すぐに物足りなさの一部が埋められた喜びをかみしめることができる。

「飲み物」はちがった。思い出して、自分に何が欠けていたかを知って愕然とさせられ、その衝撃は、時間とともに大きくなる。

だって、ぼくは喉がかわかない。お腹がすかない。そのことは、「飲む」や「食べる」を思い出しても変わらない。

テンネンやネムリとちがってぼくは、飲み物や食べ物のことを考えると、自分の中に大きな穴を感じて、苦しいほど不安になった。

だからこそ、「ごめんなさい」と対になることばを知りたかった。大きなものを取り戻したと感じることで、ぼくの中の穴を、少しでも埋めてしまいたかった。

「それは、何？　教えてよ」

「嫌よ」

「どうして。ぼくたち仲間なんだから、教えてくれてもいいじゃないか」

「その理屈は理解不能だけど、私だって、ずっと内緒にするつもりじゃないのよ。それじゃあ、意味がないし。ただ、せっかく苦労して思い出したんだから、テンネンみたいに、それを使うべき場面で劇的に使いたいのよ。いまは、そういう機会じゃないから、言えないの」

「そんなのいいから、いま教えてよ」

「嫌だって言ってるし、その理由も、はっきりと説明したでしょ」

なんてやつだ。人が聞いたら喜ぶにきまっていることを、独り占めしたがるなんて、やっぱりこいつは、ぼくを《集団遊技の町》から連れ出した男に似ている。

「きみって、自分勝手で意地悪だね」

彼女の得意な理屈からいって当然の指摘をしたのに、フンベツはぷうと頬をふくらませた。

「そんなことないわよ」

そこにテンネンが口をはさんだ。

「うん。自分勝手で意地悪なのは、リーダーのほうだと思う」

「どうして――」

ぼくは唖然(あぜん)とした。こいつには、ずいぶん親切にしてやった。それに、いつもフンベツに叱られているんだから、口出しするなら、ぼくの味方につくと思っていた。

「だって、鳥に名前をつけちゃだめって意地悪を言っておきながら、自分がつけたいと思ったら、急に、名前をつけるぞって命令したり」

「それは……」

ひどい言いがかりだ。鳥に名前は必要ないと最初に言ったのはフンベツだし、ぼくが鳥の名付けを言い出したのは、テンネンを喜ばせて、この仲間がばらばらにならないようにするためだった。

「そういえば、リーダーは、フンベツにもずいぶん意地悪だったことがあったよね」

ネムリまで、わざわざ肘枕(ひじ)をして頭を起こし、ふたりに加勢した。

「何のことだよ」

「洞窟で休んでいたとき、フンベツに、ぼくを背負って歩けと言った。あれは、ひどかったよね」

それは、ネムリを歩かせるためで、ほんとうにそんなことをさせたかったわけじゃない。

それをわかってくれていると思っていたフンベツまで、「そうよ。私、あのとき、泣きそうだったんだから」とぼくを責めた。

さらにテンネンが、たしなめるみたいにぼくに人差し指をつきつける。

「リーダーって、本物のリーダーでもないのに、ちょっと威張りすぎよね」

悔しかった。ぼくはいつでもみんなのために頑張ってきたのに、そんなふうに思われていたなんて。

「まあ、でも……」

フンベツが何か言いかけたとき、強い風が吹いてきて、テントがばたばたいう音と、風の音しか聞こえなくなった。

ひゅーひゅーという風のうなりを聞きながら思った。ぼくは、こんな風の中も、だれよりも長く先頭を歩いて、みんなを引っ張ってきたんだ。それなのに、だれもぼくの苦労をわかってくれていなかった。

悔しかった。悔しくて、悔しくて、じっとしていられなくなって、風がやむと同時に、ぼくは叫んだ。

「もう、おまえたちのことなんて知るもんか」

そして、テントを飛び出した。

しばらく夢中で歩いた。

かっかした気持ちが少しおさまってから、足をとめて振り返った。

テントは、ぼくのこぶしくらいの大きさになっていた。

ぼくとテントの間に、人影はない。追いかけようとか、呼び戻そうと考えたやつは、いなかったってわけだ。

いや、いた。空の低いところを茶色の鳥が、強い風にあらがうように激しく羽ばたきながら、ぼくのほうに向かっていた。

近くまでくると、地面に降り立った。

そのままじっとしている。くちばしや爪を向けて威嚇したり、ギャアと鳴いて何かを主張したりはしないで。

ぼくは、センジイから目をはなして、右手を見た。

見慣れた青い丸が、そこにあった。

青といっても、真っ青ではない。きらきらしているのに、優しい柔らかな色合いで、ところどころ、白やほかのよくわからない色ににごっている。

旅の途中でぼくは、何度もこうやって右手を見た。そうすると、不安を感じたときや疲れているときも、心が落ち着き、安らげた。

このときも、そうだった。青い丸を見ているうちに、かっかした気持ちは完全に消えた。

ぼくは、大事なものを仕舞い込むみたいに、そっと右手を握った。

これと同じものが、フンベツの手にも、テンネンの手にも、ネムリの手にもある。ぼくたちは、同じ徴を持っている。その仲間と、ぼくはこんなにはなれてしまった。

でも、それが何だっていうんだ。

ぼくは右手を強く結んだ。

ぼくが、あいつらに徴をつけたわけじゃない。あいつらを選んで仲間になったわけじゃない。同じ徴が手に浮かんだから、いっしょにいなくちゃいけないと思い込んでいただけだ。

考えてみたら、これも、固定観念ってものかもしれない。

センジイが突然、地面に脚をつけたまま、羽をばたばたといわせた。

「うるさい。ぼくはもどらないぞ」

テントに背を向けて、歩きはじめた。

坊主頭の少年のことばを信じたわけじゃない。《本当の旅》は、仲間といっしょじゃないと続けられないのかもしれない。

だけど、ぼくはひとりでも歩くことができる。そして、鳥が導く先に何があるかなんて、着いてみるまでわからない。

だったら、ひとりで気楽に、行きたいほうに歩いていってもいいじゃないか。そんな理屈は理解不能だと、フンベツだったら言うだろうか。言うだろうな。でもここに、あいつはいない。だれもいない。ぼくは、だれのことも気にかけなくていい。

心が軽くなった。

風が気持ちよく吹いてきた。その風に向かって、どんどん進んでいった。

風とはちがう音が聞こえて振り返ると、センジイがすぐ後ろを飛んでいた。

「来なくていいよ。ぼくはひとりでだいじょうぶなんだ。あとの三人の面倒をみてやってくれ」

叫んだけれど、振り向くたびに、鳥はぼくの後ろにいた。

「勝手にしろ」

センジイのことを気にするのが面倒になって、それからは、振り返らずに進んだ。

途中から、風に向かって歩くのもやめた。四人そろって鳥についていったときには、いつも風を正面から受けていたけど、考えてみたら、好きなほうに行けばいいんだ。

そう思ったら、ますます心が軽くなった。足取りも軽くなってずんずん進んでいたら、転んでしまった。

両手をついて立ち上がり、手についた砂をはらおうとして、あれっと思った。

徴（しるし）の色が変わっている。

あわてて右手をしっかり開いてよく見てみた。色が変わったわけじゃなかった。青が青に見えないほど薄くなってしまっていたんだ。

ぼくが仲間とはなれたからだろうか。このまま歩いていったら、徴はすっかり消えてしまうんだろうか。

「まあいいや、それでも」

ぼくは声に出してつぶやいた。これを眺めるのは好きだったけど、なくなったって、困ることはない。

風を斜めに受けて歩いていると、また転んだ。つんのめるような、ぶざまな転び方だった。

とっさにぼくは後ろを見た。テンネンが、転ぶ様子がおかしいと、声をたてて笑いだすんじゃないかと思って。

でも、テンネンはいない。笑い声も聞こえない。

ネムリがいたら、このすきに、さっさとすわりこむか寝転がるかしただろう。

フンベツがいたら、ぼくがどうして転びやすくなったかについて、理屈を考えはじめただろう。

でも、ネムリはいない。フンベツもいない。

センジイだけが、少しはなれたところに、両脚を地面につけて立っていた。

「ぼくがいま、あいつらのことを考えたのは、さびしいからじゃない。あいつらとずっと歩いていたから、習慣になっているだけなんだ」

ぼくのことばを理解したのか、していないのか、センジイはただじっと、ぼくを見つめている。

「じきに、ひとりでいるのにも慣れる」

センジイの瞳は、てらてらと光っていた。

「ぼくは、ひとりでも平気なんだ」

茶色い鳥は、左右の翼を高く上げた。

センジイの瞳から、何かの光がふっと消えたような気がした。

強く羽ばたいて、空に舞い上がった。

ぼくに尾羽を向けて飛んでいった。

ぐんぐんと遠ざかって、点のようになって、消えた。

テントはもう、どこにも見えなかった。荒涼とした景色の中で、ぼくはひとりきりだった。てのひらの青い丸は、目をこらさないと見えないくらい薄くなっていた。

気がつけば、ぼくは膝を抱えてすわりこんでいた。

どうして、こんなことになったんだろうと考えた。

さっきまで、ひとりでもだいじょうぶだと思っていたのに、センジイがいなくなったとたん、立っている気力さえなくなった。

たぶん、ぼくがほんとうにひとりになったからだ。

考えてみれば、思い出せるかぎり、ぼくはずっとだれかといっしょだった。

いまは、ひとり。

しかもぼくは、自分がだれか、わからない。どうしてここにいるのか、わからない。

そんなぼくが、しゃべりかけてくる人、ぼくのことばを聞いてくれる人、こっちを見てくれる人をなくしてしまったら……ぼくはいったい、何なんだ。

まわりの景色がぼんやりとかすんできたような気がした。ぼくのてのひらの、青かった丸のように。

気のせいだ。荒涼とした景色は、以前と変わらない。

でも、ぼく自身は、このままこうしていたら、いつかぼんやりとかすんでいって、消えてしまうんじゃないだろうか。

「だいたい、ぼくはどうして、テントを飛び出したんだっけ」

大きな声で言ってみた。そうすれば、ぼんやりとかすんでいくのを食い止められる気がして。

ぼくの声を、風が遠くまで吹き飛ばした。

それでもこの問いは、だれの耳にも届かない。

だから、自分で答えを出した。

「あいつらが悪いんだ。三人で、よってたかって、ぼくを責めるから」

ぼくは立ち上がった。風下に向かって歩きはじめた。思い出したら腹が立って、あいつらに文句を言いたくなったんだ。

「いちばん悪いのは、フンベツだ」

ぼくはほんとうに、「ごめんなさい」と対になることばを知りたかったんだ。飲むことも食べることもしていないぼくは何なんだと考えたら、ものすごく不安だった。その不安を少しでも軽くしたかった。それなのに、つまらない理由で内緒にするなんて。

「いちばんがっかりしたのは、テンネンだ。ぼくはずいぶん、あいつの面倒をみてやったのに」

テンネンはいつも、フンベツのことばを聞き流しても、ぼくの言うことはちゃんと聞いた。ぼくのことを信頼してくれているからだと思っていたのに、フンベツといっしょになってぼくを非難するとは、ひどすぎる。

それに、ネムリ。

「ネムリなんて、休みたがってばかりいて、いちばんのやっかい者のくせに」

あいつの取り柄といえば、優しいってことだけで、だからフンベツに同情したんだろうけど、あんな以前のことで、しかも、よく考えたら本気じゃないってわかることで、いまさらぼくを責めなくてもいいじゃないか。

早くテントにもどって、あいつらに会って、文句を言ってやらなきゃいけない。

足がしだいに速まった。後ろから吹いてくる風に押されて、つんのめりそうになった。

ぐっと踏ん張ってこらえながら、風の行方に向かって吠えた。

「フンベツには、二度と『内緒』なんて言わせないぞ。ぼくの聞きたいことばを、絶対に言わせてやるぞ。テンネンとネムリには、絶対に、謝らせるぞ」

早くテントにもどって、あいつらに会って、文句を言うんだ。

でも、テントはどこにある。

どんなに目をこらしても、前も後ろも右も左も、同じような荒涼とした景色が広がっているばかりだった。

早くもどって、あいつらに会って、文句を言いたいのに、歩いても歩いても、テントは見えてこない。

そこでぼくは、大事なことに気がついた。ぼくはずっと風に向かって歩いてきたわけじゃない。途中から気まぐれに方向を変えた。風下にばかり向かっても、テントには帰りつけないいんだ。

でも、だったら、どっちに進めばいいんだ。テントはどこにあるんだ。

でたらめに歩いてみた。景色はまったく変わらない。

どうしよう。早くあいつらに会って、文句を言いたいのに。

また、転んだ。ぼくは、膝を抱えて空を見た。

空は青いばかりだった。

どうしよう。早くあいつらに……会いたいのに。

うつむいて、目をつぶった。

聞こえるのは風の音ばかりだった。その音も、やんだ。

何も見えない。

何も聞こえない。

だれもいない。

ぼくはほんとうに、だれでもなくなったんだ。だから、どっちに向かって歩いても、意味なんかないんだ。きっと、このままぼやけて消えていくんだ。

やがて、そんなことさえ考えられなくなってきた。何も考えられなくなってきた。

そのとき、音がした。ぼやけて消えかけていた何かの中に、〈音を聞いているぼく〉が甦（よみがえ）った。

一心に、耳をすませた。

かすかな音。風とはちがう音。懐かしい音。

立ち上がって空を見た。茶色の点が、こちらに向かっていた。

「センジイ」

ぼくは走りだした。

テントの中は、ぼくが出ていく前と何も変わっていなかった。三人とも、同じ場所に同じ格好で、すわったり寝転がったりしている。

ぼくを見るとテンネンは、何かの話の続きみたいに、「ほんとだあ」と大声をあげた。

「何が」

ぼくは、ぶっきらぼうに尋ねた。

「ネムリの言ったとおりだった」

テンネンはにこにこと笑っている。

「だから、何が」

「追いかけていかなくても、リーダーは、今度も帰ってくるよって」

つまり、追いかけてくる気はあったわけだ。

どんな顔をしていいかわからなくて、ぼくはもといた場所にすわってそっぽを向いた。

だけど、いまのせりふ、どこかが引っかかる。

「ちょっと待て。『今度も』って、ほかにいつ……」

「忘れたの？　緑や赤のきらきらした鳥と、優しい感じの女の人に、ついていきそうになったこと、あったじゃない」

「あれは、ちょっと送っていっただけで……」

テンネンは、口をぷんととがらせていた。

ああ、そうか。こいつがはなれていくのを、ぼくが心配したように、こいつもぼくのことを心配していたんだ。

ごめん、と言おうとしたそのとき、フンベツがじれたように口を出した。

「あのときのことは、しかたないにしても、今回は、ちょっとひどかったよね。リーダーって、短気すぎるのよ。もう少し考えてから行動すればいいのに」

そのとおりだけど、ごめんと言う気がなくなった。

「まあ、でも……」

続けてフンベツが何かを言おうとしたとき、風が吹いてきて、テントが大きな音をたてた。

彼女は、きりりと眉を上げると、その音に負けないくらいの声を張り上げた。

「まあ、でも、帰ってきてくれて、ありがとう」

耳で聞いたことと、フンベツの怒っているみたいな表情がちぐはぐで、すぐには何を聞いたか理解できなかった。

でも、心の中で復唱して、わかった。

ありがとう。

これが、ぼくの知りたかったことばだ。

聞きたかったことばだ。

言ってほしかったことばだ。

「さっき話したように、私はテンネンの『ごめんなさい』を聞いたときから、それと対になることばがある気がして、ずっとさがしていたの。そして、このテントで、これまでのことを思い返してみたの。リーダーは覚えている？　あなたと私が出会った宿で、あのわけのわからない男の人が言ったでしょう。『おまえがあの町を出られたのは、俺のおかげだ。感謝しろ』って。聞いたときには意味がすんなりわかったから、気に留めなかったんだけど、あらためて『感謝』って何だっけと考えていたら、思い出せた。……ちょっと、なんで笑うのよ」

ぼくは、おかしくてたまらなかった。フンベツときたら、せっかく内緒にしていた大事なことばを、うまく劇的に使えたのに、すぐ後でこんなくどくどとした解説を始めたら、台無しじゃないか。まったく、こいつらしいんだけど。

「ごめん。だって、おかしくて。でも、ありがとう。教えてくれて。テンネンもネムリも、ありがとう。待っていてくれて」

笑いながらだから、照れずに言えた。テンネンも笑いだした。ネムリはその前からずっと、にやにやしている。

「何よ、もう」と、フンベツだけが怒っていた。口をとがらせて、でも、目尻と眉尻は、ほっとしたように垂れていた。

# 7 四人と一羽

ぼくたちは、だれなんだ。

どうして、こんなことをしているんだ。させられているんだ。

この旅の終わりには、何がぼくたちを待っているんだ。

そんなことを、休みのたびに話すようになった。

といっても、議論めいたことをするのは、ぼくとフンベツだけ。テンネンはひとり遊びをしているし、ネムリはだらんとしたり、うとうとしたりと、まるで聞いていないようなのに、ふたりとも、時々ぼそりとすごいことを言う。

「私たち、バツを受けているのかも」

だれもいない小さな集落の広場で、地面に絵を描きながら、テンネンがつぶやいた。

バツ？

すぐには意味がわからなかった。いや、わかりたくなかった。

バツ――罰を受けている。ということは、ぼくたちは罪人なのか？

フンベツも、顔をこわばらせていた。彼女は、この旅は失われた記憶を取り戻すためのものだという説を、何回か前の休憩のときから繰り返していた。

「どういうわけか失われてしまった記憶を回復する方法は、きっとこれしかないのよ。この旅をぶじに終えたら、すべての記憶を取り戻せるのよ」

そうして本当の自分にもどれるのだと、目をきらきらさせて語った。

ぼくも、そうだったらいいなと思った。でも、そうじゃない可能性もある。

「ほんとうにぼくたちは、いまよりいろんなことを知っていたことがあったんだろうか。もしかしたら《集団遊技の町》より前なんて、なかったってことはないだろうか。記憶を失ったんじゃなくて、もっと知っていたはずだという偽物(にせもの)の、物足りなさとか、もどかしさとかを、植えつけられているのかも」

こんな難しいことが考えられるようになったのだから、ぼくもずいぶん進歩したものだ。

「私だって、その可能性は思いついて、検討したのよ。でも、よく考えると意味がわからないことばでも、口に出したら通じるよね。たとえば、私が『雷』って言ったときのことを覚えてる？　『雷』が何か、よくわからないまま口にしたのに、リーダーは『そうそう』ってうなずいた。あなただって、『雷』についてわかっていなかったのに。あんなふうなことが起こるのは、私たちみんなのあいだで、まだ思い出しきってはいない共通の記憶があるってことでしょ」

「雷は、空から下りてくる光の道だよ」

　テンネンが、地面にジグザグの線を描きながら言った。

「そうだけど、それだけじゃない。あの光は何でできているのか、どうしてあんなことが起こるのか、全部知っていたはずなのに、思い出せない。それに、リーダーの仮説への反論を続けさせてもらうと、『名前』とか『ごめんなさい』みたいに、聞いただけですっかり思い出せることばがある。それは、実際にそれらを忘れていたからでしょ」

「うん、そうだね」

　やっぱり理屈ではフンベツにかなわない。でも、否定してもらえてよかった。せっかく思いついた難しい説とはいえ、当たってうれしいものじゃなかったから。

　それからフンベツは、記憶は自然に失われたのか、だれかが意図的に奪ったのか、理屈を並べて推論した。彼女のお気に入りの仮説は、ぼくたちはみんな「病気」で、この旅は「治療」だというものだった。

「だから、旅の終わりには私たち、すっかり元にもどれるの」

「病気」も「治療」も、それが何なのかを考えてみると、ちゃんとはわからなかったけど、「雷」程度には意味がつかめたから、彼女の説には、なるほどと思った。そんなとき、テンネンが「罰」なんてものを持ち出したんだ。

「罰ってことは、私たち、何か悪いことをしたの？」

　顔をこわばらせたまま、フンベツが気丈に問うた。

「わかんない。でも、旅って、大変じゃん。まるで、罰みたいに」

テンネンは、地面にしゃがんで背中を丸めていた。顔も伏せているから、どんな表情をしているのかわからない。

「だけど、その説にはおかしな点があるわよ。だって、センジイが現れて《本当の旅》に出るより前には、私たち、いまよりもっといろんなことがわかっていなかった。でも、あそこには苦労なんてなかった。だれもが、好きなだけのんびりしていられた。ちっとも罰になっていないじゃない」

「記憶を奪われていること自体が、罰なんじゃないか」

テンネンの思いつきは怖いものだったけど、「病気」の「治療」より、ぼくにはしっくりきた。「そして、大変な旅という苦労を引き受ける気になった者だけが、それを終えたら許されて、もとの世界にもどれる」

「だって私、こんなひどい罰を受けるような悪いこと、していない」

フンベツは、頭を抱えて右に左に小さく振った。

「絶対に、していない。そりゃあ、こんなふうになる前のことは何も覚えていないけど、でも、していない。してるわけがない」

「落ち着けよ。罰を受けてるからといって、罪を犯したとはかぎらないだろう」

フンベツは頭から手をはなして、顔のこわばりを解いた。

「そうだわ。リーダーも、たまにはいいことを言うじゃない。そうよ。悪いことをしていないのに、罰せられる。そういう理不尽なこともありえるのよ。えーと、そういうの、何ていうんだっけ」

「冤罪」

ネムリがぼそりとつぶやいた。彼がこの休憩中にしゃべったのは、これがすべてだった。

冤罪。

そんな難しいことばまで、ぼくたちは思い出していた。それなのに、「住む」はまだだ。「飲む」や「食べる」も、飲み物や食べ物を口に入れることとは理解できるのに、それ以上のことが思い出せない。

何かを飲んで、ほっとしたことがあった。何かを食べて、幸せな気持ちになったことがあった。それは確かなことに思えるのに、もやもやとしたイメージ以上のものが取り戻せない。

冤罪と飲み物のちがいは何だ。このアンバランスさは、どこから来るんだ。

「考えてみれば、治療でも罰でも同じことだわ。どっちにしても、この旅の終わりまで行き着けば、本当の自分が取り戻せる」

フンベツがきっぱりと言った。

「そうだね」とぼくは答えた。そうだったらいいなと思った。

これは、治療なのか。罰なのか。それとも、ただの旅なのか。

ぼくたちは、広い川を渡っていた。水の流れは速くて、飲み込まれたらたちまち押し流されそうだったけど、苦労せずに飛び移れる間隔で平たい岩が並んでいるので、ぴょんぴょんと川の上を進んでいけた。

「ねえ、リーダー。この道、楽しいねえ」

テンネンはご機嫌だった。

「ぼくは、ふつうに歩きたいよ」

ネムリはぼやいていた。

「こういうの、何かを思い出させるんだけど。えーと、何だっけ。きゃあ」

しんがりのフンベツが悲鳴をあげた。

「どうした」

振り返ると、彼女のすぐ後ろでセンジイが、翼をばたばたさせながら、とがった爪を突き出していた。

「急げって言ってるみたい」

「わかった。急ごう。でも、気をつけて」

ぼくは、治療とか罰とかを頭から追い出して、岩から岩に飛び移ることだけを考えた。少しでも速く進むことだけを。

さっきのセンジイは、崖(がけ)ぞいの道で岩が落ちてきたときや、荒野で火柱が立ったときより、ずっとあわてているように見えた。急がなくちゃ、やばいと思った。

ぼくたちが向こう岸にたどりつくと、センジィは青空に向かって急上昇し、たちまち見えなくなった。

何の物音もしなかったけれど、気配を感じて川上に目をやった。

黒っぽくてもやもやしたものが転がってきていた。

いや、それは黒くなんかなかったのかもしれない。何の色もついていなかったのかも。転がっているというのも、正確にはちがう気がする。

そういうふつうの言い方ではあてはまらない何かだけれど、あえて言うなら、黒っぽいもやもやが、縦にぐるぐる回りながら転がってきていた。

ぼくらは声もなく、ただ互いの腕や腰をぎゅっとつかんで、かたまって立っていた。

黒っぽいもやもやは、川面をかすめながら通り過ぎた。

そこにあった岩が消えた。水も消えて、束の間、川の中に溝のような凹(くぼ)みができた。新しく流れてきた水が、すぐに川をもとの姿にもどしたが、一直線に切り取られた岩はそのままだった。

「無」ということばが、ぼくの頭に浮かんだ。

あの黒っぽいもやもやにつかまったら、ぼくも、音もなく消えてしまうんじゃないかと思った。

鳥がもどってきて、ぼくたちに進路を示した。

「行くぞ」

ぼくは、川土手をのぼりはじめた。

あんなものが転がってくる場所を旅しなければならないなんて、これが罰だとしたら、いったいぼくたちは、どんな悪いことをしたのだろう。


次の休憩場所は、枯れた立ち木の洞の中だった。

入ってみると意外なほど広くて、全員がからだをのばして寝転ぶことができた。洞の上のほうにはいくつか穴があいていて、光が射し込んでいる。いちばん大きな穴からは、その近くの枝にとまっているセンジイの尾羽が見えた。

床には枯れ葉がふわふわに積もっていて、これまでで最も居心地のいい休憩場所だった。

それなのに、ネムリの「幸せだなあ」が聞こえてこない。気になって、彼のほうを見てみると、目をぱっちりと開いていた。いつものとろんとした顔とも、疲れたときの情けない顔ともちがう、怖いような表情をしていた。

「ネムリ？」

思わず声をかけると、こっちを向いた。こういう素早い反応も、普段はないことだ。

「何か、心配なことでもあるのか？」

「いや。ちょっと、考え事をしていただけだよ」

そう言ってネムリは微笑んだ。でも、無理に笑っている感じがした。

「何を考えていたの」

フンベツが、興味津々といったようすで質問した。

「いやー、別に」

ネムリはのんびりした調子で答えたが、ぼくにはそれも、わざと間のびさせたように聞こえた。フンベツも不審に思ったようで、ぴしゃりと言った。

「『別に』というのは、何を考えていたかという質問の答えになってないわ。ちゃんとした返事をちょうだい。考え事って、何を考えていたの」

「それは、言いたくないというか……」

「わかった。いまは内緒にしておいて、〝劇的に使える〟ときに話してくれるのね」

テンネンがはしゃいで言った。

「いや、そういうわけでは……」

気の優しいネムリは、嘘がつけないようだ。そういうことにしておけばいいのにと、ぼくは思った。

だって、ネムリがここまで言い渋るのは、きっと怖い話なんだ。もしかしたら、「そもそも、ぼくたちは人間なんだろうか」より、もっと。

できれば、こいつの考えていることなんか聞きたくなかった。けれどもフンベツは、追及の手を緩めようとしない。

「だったら、どうして言いたくないの」

ネムリはしばらく無言でいたが、やがて重々しく口を開いた。

「きみたちが、聞いたことを後悔するかもしれないから」

さすがのフンベツも、これを聞いてひるんだ。でもそれは、わずかな間だった。

「つまり、私たちが聞きたくないようなことを、あなたは考えていたのね。だけど、ここまで話した以上、すっかり教えてくれなきゃいけないわ。だって、聞いたら後悔することって、いったい何だろうと、気になってしかたないじゃない。ネムリはどんな怖いことを考えていたんだろうと、あれこれ想像して不安がっているより、怖いことの正体を、きちんと知っておきたいわ」

なるほど、とぼくは思った。

「それに、そんなに怖いことなら、ネムリひとりで抱えていないほうがいいよ」

テンネンが優しいことを言った。でも、彼女を見ると、背中をいっそう丸めて、両膝をぎゅっと抱えていた。

「リーダーはどう思う？」

ネムリがぼくに尋ねた。

もちろん、こいつの口をいますぐふさいでやりたいほど聞きたくなかった。だけど、そこまで聞きたくないことは、ちゃんと知っておかないと不安でしょうがないというのは、フンベツの言ったとおりだ。

「ぼくも、何を考えていたのか、教えてほしい」

そんなこと言わなきゃよかったと、すぐに後悔した。


ネムリは、あぐらをかくような格好ですわると、ぼくたち三人の顔を見渡してから、話しはじめた。

「さっき、岩から岩へと飛び移りながら川を渡っていたとき、思ったんだ。ぼくたちって、ゲームの中にいるみたいだと」

「ゲーム?」

ぼくとフンベツは同時に復唱して、顔を見合わせた。

ゲームというのは、遊びのことだ。たしかに、楽しそうに岩を飛び移っているテンネンは、遊んでいるみたいだったけど。

「わかるような気がする」

フンベツは、目をつぶって必死に何かを思い出そうとしていた。

「そういうゲーム、やったことがある。ちゃんとは思い出せないけど、私たちみたいに何人かがいっしょになって、いろんな場所を旅するの」

言われてみると、ぼくもそういうゲームをやったことがある気がしてきた。

そうだ。確かにやったことがある。

そう思ったとき、ぼくの頭を高速で、大量の何かがよぎった。ものすごくたくさんの物とか、光景とか、イメージとかが。

高速すぎて、何ひとつつかむことはできなかったけど、ぼくはかつて、そうした物に囲まれていた。それが「住む」と結びついていた。

その間もフンベツは、ゲームについて考えつづけていた。ぶつぶつと、思い浮かんだことをつぶやきながら。

「いろんな場所を、何人かがいっしょになって旅をする。でも、ゲームをしている私は、そこにはいない。私は……それを見ている。ちがう、見ているだけじゃない。だって、ただ見ているんじゃ、遊ぶことにならない。私は……その人たちを……動かしていた。操(あやつ)っていた」

「操る」って何だっけと、ぼくは考えて、ぞっとした。

「ちょっと待って」フンベツが、目をぱっちりと開いた。「私たちがゲームの中にいるみたいって、私たち、だれかに操られてるかもしれないってこと？　私、全然そんな気しないんだけど」

「うん。ぼくも、そんな気はしない。でも、ゲームの中の人たちがどう感じているかは、ゲームをしている側にはわからないよね。だから、ゲームをしたときのイメージからだけでは、判断できないんじゃないかな」

「だけど、ゲームの中の人は、遊びのための道具でしょ。指相撲の親指といっしょで、自分の意志とか気持ちとかは、持っていないんじゃないの？」

「ねえ、私、そんなゲーム、知らないよ」

テンネンが、首をかしげながら口をはさんだ。

「あなたは黙ってて。いま、とっても大事な話をしてるんだから」

フンベツは、テンネンのおとぼけの相手をしている暇はないとばかりに彼女の疑問を封じて、ふたたび厳しい視線をネムリに向けた。

「ゲームのための道具に、気持ちはないはず。だけど、私たちの旅がゲームの中のものだと考えると、しっくりくることが、ないわけじゃない」

そうなんだ。

手を合わせれば現れる徴。案内の鳥。ところどころに用意されている休憩場所。ときどきがらりと様子を変える風景や道。

それらは、ぼくの中のゲームのイメージと重なった。でも、ネムリの言うとおりだとしたら――。

「でも、そうだとしたら、私たち、本物の人間じゃないってことになる。ゲームのための作り物で、遊んでいる人が操るとおりに動いていることになる。だけど私は、自由に動いたり、ものを考えたりできる。それって、おかしくない？」

ネムリは、「んー」と首をかしげた。テンネンはまだ、ぼくたちの言う「ゲーム」が理解できないようで、きょとんとしている。

それがぼくには不思議だった。

これまでは、だれかが何か思い出して、口にしたら、全員が、「ああ、そういうものがあった」とうなずいた。はっきりと思い出すことができなくても、もやもやとしたイメージは浮かんだ。いまのテンネンのように、まるっきり見当がつかないというのは、なかったことだ。

でも、そんなことより、フンベツの発した疑問について考えてみなくっちゃ。

一所懸命に考えて……あまりうれしくない答えが出た。

「ぼくたちは、ほんとうに、自由に動けているんだろうか。ネムリは知らないだろうけど、ぼくたちは三人のときに、道をはずれて歩いてみたことがあるんだ。でも、どう歩いてもまた、同じような道に出た。ほんとうは、もっと全然ちがう場所があるはずなのに、ぼくたちはそんな場所のことを、思い出せないし、行くこともできない」

「動ける範囲に制限がかかっていると、あなたは言いたいのね」

「うん。それに、考えるほうも。ものすごく大事なことをたくさん忘れているってことは、そのことを考えられないわけで、つまり、あんまり自由じゃない」

フンベツは「そうね」とうなずきながら、つらそうに顔をしかめたが、この問題に食い下がるのをやめなかった。

「ネムリが言うように、私たちがゲームの中にいるのだとしたら、私たちはいったい何なのかという問いに、ふたつの答えが考えられる。ひとつは、ゲームのために記憶を奪われて、ゲームの世界に放り込まれた人間。もうひとつは……ゲームのためにだれかが作り上げた、偽物の存在」

ニセモノ。

それって、どういうことなんだ。ぼくは、ここにいるのに、ほんとうはいない？

心が凍りついた感じがした。

でも、「凍りつく」って何だっけ。

ああ、やっぱり、ぼくは自由にものを考えることができていない。

「気持ちとしては、放り込まれた人間のほうをとりたいよね」

ネムリが言った。

「『とりたい』ってことは、そうじゃない可能性のほうが高いと、ネムリは思っているのね」フンベツが容赦のない指摘をした。「私も、そう思う。だって私たちは……覚えているかぎりずっと、食べても飲んでもいない」

もう、いやだ、こんな議論。ネムリのやつ、何てことを思いついてくれたんだ。せめて、思いついても、黙っていればよかったのに。フンベツも、無理にしゃべらせたりしなければよかったのに。

「そういえば、ネムリは前に言ったよね。『そもそも、ぼくたちは人間なんだろうか』って。もしかしてあなた、あの頃から、いまみたいなことを考えてたの？」

「まあ、何となく」

「私たちは、人間じゃないかもしれない。テンネンが地面に描いた絵みたいな、作り物なのかもしれない。でも、だとしたら私がいま、怖いとか嫌だとか感じているのは何なんだろう。それに、人間って、何だろう。考えていると、自分が何ひとつわかっていない気がしてくる。ううん、実際、大事なことは、なんにもわかってないんだわ」

フンベツはどんどん問題を難しくしていっていると、ぼくは思った。そのとき、テンネンがつぶやいた。

「どっちでもいっしょじゃん」

「どういうこと」

フンベツが怖い声で問い質(ただ)す。

「そういう議論って、おもしろいあいだだけやってればいいのにって思う。だって、私たちが人間でも、人間じゃなくても、この床がふわふわで気持ちがいいのは、いっしょでしょ」

「そうなんだよなあ」

ネムリが、ようやく彼らしいのんびりした声を出した。でも、その目はまだ、ぱっちりと開いている。

「ぼくたちがどういう存在でも、旅の意味がどういうものでも、何も変わらないんだ。旅のあいだは」

「何が言いたいの」

フンベツの問いに、ネムリは哀しげな笑みを浮かべた。

「旅のあいだは、何も変わらない。ちがってくるのは、旅が終わったときのことだ。この旅が罰や治療のためのものなら、最後まで行き着けば、ぼくたちは〝本当の自分〟ってやつを取り戻して、いまは思い出せない〝本当の世界〟に戻れるんだろう。でも、記憶を奪われてゲームに放り込まれた人間の場合……」

「その場合、どうなるの」

「ふたたび記憶を奪われて、最初の地点に戻されるのかもしれない。そうやって、ぼくたちは、果てしなく旅を続けているのかも」

ぞっとした。いますぐネムリの口を手でふさいでやりたくなった。でも、動けなかった。たぶんぼくは、彼の話を最後まで聞くべきなんだ。

「そして、もしもぼくたちが、ゲームのためにだれかに作り上げられた偽物の存在だったとしたら、旅が終わったとき、ぼくたちは消える。そうと意識する間もなく、ただ消滅する」

「ねえ。もうやめようよ、こんな話」

テンネンが両手で顔をおおった。ネムリは彼女に近づいて、丸まった背中に優しく手を置いた。

「ごめんね、テンネン。でも、もうちょっとだけ話をさせて。ここでやめたら、きみたちに嫌な思いまでさせて話した意味がなくなってしまう」

「意味？　あなたの話が、何か意味のある結論に向かっていたとは知らなかったけど、そんなものがあるのなら、いますぐ話して」

フンベツのせりふは、ぼくの気持ちそのままだった。

「そんな大げさなものじゃないんだけど、旅を急ぐ必要はないんじゃないかと思うんだ。この旅の終わりに、フンベツやリーダーが期待しているようなことが起こるとはかぎらない。そして、ぼくたちが何者であろうと、旅をしているあいだは、いまのぼくたちだ。楽しいこともあるし、みんなで笑いあえることもある。だったら、ゆっくり行ってもいいんじゃないかな」

ネムリが、「ぼくたちは作り上げられた偽物の存在かもしれない」などという話なしで、こんなことを言っていたら、ぼくは相手にしなかっただろう。面倒くさがり屋が、たくさん休みたがっているだけだと。

でも、このとき、フンベツでさえも、何の反論もしなかった。

黙っていた。ぼくも、フンベツも、テンネンも。

やがて、フンベツが寝転がった。それを見て、ネムリもからだをのばして仰向けになった。

しばらくして、テンネンもごろりと横になった。膝を抱えて、背中を丸めたまま。

ぼくも、手足をのばして寝そべった。落ち葉の床は、ふわふわで気持ちよかった。その気持ちよさを、何も考えずに味わっていようと思った。

見上げると、木の洞のあちこちに開いた穴から射し込む光がきれいだった。いちばん大きな穴から、センジイの茶色い尾羽が見えていた。

長い長い間、ぼくたちは黙って寝転んでいた。

そうしていることが我慢できなくなって、何度か起き上がりかけたけど、じゃあ、起き上がってどうするんだと考えると、動けなくなった。テンネンやフンベツや、ネムリでさえも、同じだったんだろう。たまにごそごそと音をたてて、やがて静かになった。

また、長い時間が過ぎた。

「ねえ、指相撲をしよう」

ついに、フンベツが立ち上がった。

「いいね」

ぼくはフンベツと指相撲をはじめた。テンネンとネムリも身を起こして、どちらに対してだかわからない声援を送った。

それから、フンベツとネムリが勝負して、ネムリとテンネンが対戦して——と、相手を替えて何回もやった。

だけど、そのうち飽きてしまった。

また四人とも寝転んで、だれも口をきかなくなった。

今度は、そんな時間はあまり続かなかった。すぐにテンネンがしびれをきらせて起き上がったんだ。

「ねえ、何かおしゃべりしようよ」

ぼくは、どう応じていいかわからなかった。「何か」と言われても、何をしゃべればいいんだろう。ぼくたちが最近話していたことは、いまは考えたくないことだ。でも、ぼくたちの間で、ほかにしゃべることがあっただろうか。

しばらく無言の時が続いた。

「えーと」

やがてフンベツが口を開いたが、それだけ言って、また黙り込んだ。

「『えーと』だけ？　続きはないの？」

フンベツらしくないことだったから、テンネンが小首をかしげた。フンベツが、「ふふっ」と笑って、いきなりぼくを指さした。

「この人ったら、前に私が『何かしゃべって』と頼んだら、ひとこと『えーと』とだけ言ったのよ。確かに、それでも何かしゃべったことにはなるんだけど、ずいぶん変な人だなって思ったわ」

それからフンベツは、すごい勢いで、ぼくたちが出会ったときのことを話しだした。彼女の一方的な説明に、「いや、そうじゃなかった」とぼくは何回か口をはさみ、その掛け合いが面白いと、テンネンが声をたてて笑った。

この話が尽きるとフンベツは、テンネンのツリーハウスでの行動を、ネムリに語った。

ネムリは幾度も楽しそうな笑い声をあげた。

そのネムリとぼくたちが出会ったときのことを、ぼくたちは競うようにして、ああだった、こうだったとしゃべりあった。それから、旅の途中のことをあれこれと。

思い出話って、なんて楽しいんだろう。つらかったことや大変だったことまで、こうやって仲間と話していると、面白かったことに思えてくる。

ぼくたちは、たくさんしゃべった。同じ話を何度も繰り返し、笑いあい、でも、やっぱり最後には飽きてしまった。

だれも口をきかなくなって、四人とも寝転んで、長い時間が経過して、それでも、だれも出発しようと言い出さなかった。

だって、人間じゃないかもしれないぼくたちが、旅なんかして、どうするんだ。ぶじに終わりまで行き着いても、記憶をすべて奪われて、最初の場所にもどるだけかもしれない。ただぱちんと消滅するのかもしれない。

もう、そんなことは考えたくなかった。何も考えたくなかった。何も見たくなかった。穴から漏れてくる光も、センジイの尾羽も、右手の徴も。

目をつぶって、じっとして……。そうしていたら、ずっと動かないでいることが苦痛じゃなくなってきた。床がふわふわなのも感じなくなってきた。これでいいんだ。これで、嫌なことを何ひとつ考えずにすむ。

いきなり、音もなく木が倒れた。

ぼくとフンベッとテンネンは、びっくりして立ち上がった。少し遅れてネムリも。

頭の上には青空が広がっていた。ぼくたちを覆っていた枯れ木は、洞の入り口になっていた穴を上に向けて、長々と地面に横たわっていた。

風が吹いてきて、足もとの落ち葉をすべて攫っていった。

「だれなの、こんな嫌がらせをするのは」

むき出しの地面に仁王立ちになって、フンベッが叫んだ。

「長く休みすぎると、休憩場所を奪われるってわけか」

ネムリがつぶやいた。

気配を感じて右手を見ると、黒っぽくてもやもやしたものが転がってきていた。気づいたときにはあまりに近くにいたんで、ぼくたちは逃げることもできず、ただ立ち尽くした。

黒っぽいもやもやは、倒れた枯れ木の真ん中あたりを横切って、左手のほうに転がっていき、やがて見えなくなった。

あとには、地面がわずかにえぐられた跡が、一直線に残されていた。枯れ木も、その直線と交わるところが、すっぽりと切り取られたように消滅している。たしか、センジイがとまっていたあたりだ。

「センジイ」

心配になって、周囲を見た。

「大丈夫。あそこにいる」

テンネンが指さした先に、鳥はいた。両脚を地面につけて、ぼくたちをじっと見つめていた。早く出発しろと騒いだり、威嚇したりすることなく。

それを見て、ひとりでテントを飛び出したときのことを思い出した。

あのときも、センジイはこんなふうだった。

「何なのよ、さっきのぐるぐる。ああ、いやだ。どこにいるかもわからないだれかに追い立てられるの、もう、うんざり」

フンベツが頭をかきむしって、まっすぐな髪をぐしゃぐしゃに乱した。

「このまま出発しないでいたら、今度は何が起こるのかなあ」

ネムリが、まるでそれを楽しみにしているみたいなのんきな口調で言った。

ぼくはもう一度、センジイを見た。じっと見つめあった。そうしながら、話がばらばらにならないように頭の中で整理して、口を開いた。

「ねえ、フンベツ。さっきの言い方、きみらしくないよ。どこにいるかもわからないだれかが、ぼくらを追い立てていると決めつけるの」

「だって、この木を見てよ。あの、ぐるぐるの跡を」

「木はたまたま倒れたのかもしれないし、そうじゃないかもしれない。ぼくたちは、追い立てられているのかもしれないし、そうじゃないかもしれない。でも、ずっとここにいてもいいのだとしても、ぼくは先に進みたい。もしかしたらぼくたちは、テンネンが地面に描いた絵みたいなものなのかもしれない。旅が終わると、消滅してしまうのかもしれない。そう考えると、怖くて、つらくて、もう何もかも嫌になるけど、でも、だからって、じっとして何も考えずにいたら、ますます地面に描かれた絵に近づくような気がするんだ。自分から消滅しようとしているというか……」

だめだ、何を言っているのかわからなくなってきた。

「話を続けて。ちゃんと聞いているから」

フンベツが、強い目をしてぼくを見ていた。

そうだ。どんなに話がばらばらになっても、フンベツが整理してくれる。思いつくましゃべればいいんだ。

「ぼくは、先に進みたい。だって、ぼくは自分がだれかわからない。知っているはずなのに思い出せないことがたくさんある。ここにあるはずなのにないものを取り戻したいと、物足りなさがうずうずする。それだけは確かで、だから、先に進みたい」

「旅が終わると、自分がだれかを知る前に、消滅したり、すべてを忘れたりするかもしれないのよ」

「それでもいい。……いや、よくないけど、それがぼくにはどうしようもないことなら、しかたない。でも、そうと決まったわけじゃない。旅の終わりに、すべてを取り戻せるかもしれないんだ。だから、先に進みたい。何も取り戻せなくても、進みたい。進んでいるあいだは、ぼくは、自分のしたいことをしているんだ。たとえ、あとちょっとで消えてしまうのだとしても、うずくまっているより、歩きたい」

「うん、わかった」

フンベツがうなずいた。

「何がわかったの」

テンネンは、きょとんとしていた。

「先に進めば、すべてを取り戻せるかもしれないし、もしもそうでなくても、取り戻そうとがんばっていることに意味がある。だいたいそういうことを、リーダーは言ったんだと思う」

ちょっとちがう気もしたけど、ぼくは黙ってうなずいた。

「私も、先に進みたい。自分がだれかを知りたい。どんな怖い結果になっても、旅の終わりを知りたい」

そう言ってフンベツは、ぼくの物足りなさをうずうずさせる笑みを浮かべた。

「ぼくも、休み休み行くのなら、旅を続けることに賛成だよ。しっかり歩いたあとのほうが、休んだときに気持ちいいんだよな」

ネムリは目をとろんとさせた。

「よくわかんないけど、みんなが行くなら、私も行くよ」

テンネンのことばを聞いて、ぼくはセンジイのほうを向いた。

「センジイ。ぼくたち、出発するよ」

茶色の鳥は、翼を振り上げ、地面を蹴って、飛び立った。

それからぼくたちは、風の強い荒野を横切った。岩山を越えて、川を渡り、泥だらけの坂道を上った。

休憩場所では、しっかり休んだ。休みながら話をした。

ぼくたちはだれなんだ。この旅の終わりには、何がぼくたちを待っているんだ。

逃げずにそういうことも考えたけど、怖くてたまらなくなってきたら、思い出話に切り替えた。そうして、たくさん笑って、たくさん休んだ。

ぼくたちはもう、ネムリを急かすことはしなかった。ネムリは、しっかり休めたと感じたら、自分から、「そろそろ行こうか」と言い出した。

そんなふうに、旅は続いた。

ぼくたちはまた、崖ぞいの細道を歩いていた。

右手は垂直に落ちる絶壁。左手はつるつるの岩でできている急斜面。おまけに道は、でこぼこしていて歩きにくい。

ぼくたちは慎重に進んだ。いつまでたっても休憩場所にたどりつかなかった。

「もう、ふらふらだ。休みたいよ」

ネムリが何度か音を上げた。

でも、ここの急斜面には木が生え出ているような割れ目がないから、センジイだってずっと飛びつづけている。ぼくたちも頑張らなくちゃ。

「危ない」

フンベツの声が聞こえて振り返ると、ネムリが足を踏み外して、ずるりと崖下に落ちようとしていた。「うわあ」とネムリがのばした右手を、フンベツの左手がつかんだ。

だけどフンベツひとりでは、ネムリを支えることはできなかった。ぼくと同時に振り返ったテンネンが手助けする暇もなく、フンベツまで落ちていく。

テンネンが、道の端から消えようとしていたフンベツの右手に飛びつき、両手でつかんだ。そして、いっしょに落ちていった。

すべては、あっという間の出来事で、「うわあ」に反応してぼくがフンベツに向けた手は空振りに終わり、そのまま道に倒れるように腹這いになりながら崖下へと伸ばした両手で、テンネンの両足首をつかむのがやっとだった。

それでもともかく、三人の落下は止まった。

「ねえ、私、さかさまになってる」

テンネンが叫んだ。

そんなことは、言われなくてもわかっている。ぼくに両足をつかまれて、両手でフンベツの右手を握っているテンネンは、腹を崖の壁面に、頭を下に向けている。スカートは裏返しになって肩までをおおい、むきだしになった脚が、ぼくの目の下にある。その先には、丸見えの白い下着。

こんなとき、ぼくは絶対に何かを感じなきゃいけない。物足りなさがずきずきしたけど、いまはそれどころじゃなかった。ぼくが支えていられるあいだに、三人に道に上がってもらわなくちゃ。

「ネムリ。のぼってこられないか？」

いちばん下にぶらさがっているネムリに呼びかけた。ネムリは、あいている左手と両足をじたばたと動かしたが、やがてだらりとからだの力を抜いて言った。

「だめだ。どこにも引っかかりがない」

「リーダーこそ、私たちを引き上げてよ」

左手をネムリに、右手をテンネンに引っ張られているフンベツが叫んだ。

「無理だよ。きみたちを支えるだけで、精一杯だ」

「だったら私たち、どうなるの。このままずっと、ここにぶらさがってなくちゃいけないの？」

「ずっとってことはないだろう。いつかは落ちちゃうだろうから」

ネムリがやけにのんきに言った。

「だったら、みんなで飛び降りてみる？」

テンネンの物騒な発言に、フンベツが悲鳴をあげた。

「やめてよ。この状況で、そんな冗談」

でも、そうするしかないんじゃないだろうか。

ネムリのだらりと垂れた足の彼方をのぞきこんで、ぞっとした。垂直の崖はどこまでも下へ下へと続き、光の届かない遠い闇に消えていた。その闇に、あの黒っぽいもやもやの気配を感じた。

嫌だ。あんなところに落ちたくない。

「センジイが引っ張り上げてくれないかなあ」

ネムリがぼやいた。

「無理に決まってるでしょ。あんな小さな鳥に、私たち四人を引き上げられるはずがない」

「ぼくはまだ落ちてないから、引き上げるのは三人でいいんだよ」

ぼくの指摘に、フンベツは声を張り上げた。

「その理屈は正しいけど、それでも、無理」

「そうなの？」

テンネンに無邪気に聞かれて、ぼくは、首をめいっぱいそらせて空を見た。茶色の鳥が、くるりくるりときれいな輪を描いて飛んでいた。その飛び方は悠然としたもので、ぼくたちを助けに来てくれそうな様子はない。さらにフンベツが、理屈で望みを打ち砕く。

「センジイに、私たちのひとりでも持ち上げる力があるなら、あの険しい岩山を登るときに、助けてくれてもよかったはずでしょ。そうしなかったってことは、無理なのよ。ああ、もうだめ。だれか助けて」

でも、助けてくれる人なんていなかった。どこまでも続く道と、どこまでも高くそびえる斜面と、どこまでも深い崖の狭間(はざま)で、ぼくたちは縦につながったまま、どうにもできずにいた。

「なんとか助かる方法はないかなあ。フンベツは考えるの得意だろう。何か考えてくれよ。もう、こうしてぶらさがっているのに、くたびれたよ」

ネムリがぼやいた。

「考えてるけど、わからない。こんな状況で、助かる方法なんて、あるわけない」

ぼくも、絶望的な気分になっていた。こうなったら、四人で落ちていくよりほかにないんじゃないだろうか。あの深い闇に向かって。

「私、いい方法を思いついたよ」

テンネンが明るい声をあげた。

「落ちるのがいやなら、私たちも飛べばいいんだよ。センジイみたいに」

もう、それしかないなと、ぼくはやけになって考えた。

「人間は、鳥とちがって飛べないのよ」

フンベツは、彼女らしく、まじめに反論した。

「でも私たち、人間じゃないかもしれないんでしょ。だったら、飛べるかもしれないよ」

「無茶を言わないで。人間じゃないと決まったわけではないし、私たちには翼がない。絶対に、飛ぶなんて無理」

「そうかなあ。私、なんだか、飛べるような気がしてきたよ」

「こんなときに、ふざけたことを言うのは、もうやめて」

「いや、ふざけたことじゃないかもしれない。フンベツも、リーダーも、聞いてくれ」

ネムリが、いつにないまじめな口調でしゃべりだした。

「ぼくたちが人間ではないのなら、飛べると信じれば、飛べるってこともあるんじゃないか。そして、いまのぼくたちには、落ちるか、飛んでみるかよりほかに、できることはない」

ぼくも、ネムリにまでそう言われると、飛べるかもしれないと思えてきた。どっちにしても、このままでは落ちるしかないんだから、やってみて損はない。

でも、フンベツは激しくかぶりをふった。

「無理よ。無理、無理。人間が飛べるわけがない。それに私は、自分が人間じゃないって思えない」

ぼくは、顔を空に向けてセンジイを見た。いつもぼくたちに行き先を示してくれた茶色の鳥。これからどうしたらいいかの答えは、その姿にある気がして。

「ねえ、フンベツ。ぼくたちがこんなことになっているのに、センジイは、さっきから少しも騒がずに飛んでいる。広げた翼を動かさずに、風に乗って輪を描いている。まるで、ぼくたちに、こうやって飛んでごらんと言っているみたいだと思わないか」

するとセンジイは、すうっと軌道を変えて、それまでより少しだけ高いところで輪を描きはじめた。ぼくたちを空へと誘っているかのように。

飛べると信じれば、ぼくたちは飛べる。

その予感は、ぼくの中で確信にまで強まった。

けれども、フンベツはかたくなだった。

「思わない。あなたたちの理屈は、私には理解不能。どうしてあなたたちは、そんなに簡単に、人間に空が飛べると信じられるの。……じゃなくて、どうして、そんなに簡単に、自分たちが人間じゃないって信じられるの」

どうしてと言われても……。

すると、ネムリが口を開いた。

「フンベツ、聞いてくれ。びっくりして手をはなさないように、落ち着いて聞いてくれ。ぼくたちは実際に、人間じゃない。人間では、ありえない。だって……。ぼくには、ずいぶん前から気づいていたけど、きみたちが怖がると思って言わずにいたことがあるんだ」

「そんなおそろしい前置きはもういいから、さっさと話したいことを話して」

フンベツが叫んだ。

「ほんとうは、言わずにいたかったけど、きみに飛べると信じてほしいから、言うよ。ぼくたちは、実際に、人間じゃない。だって、ぼくたちは、息をしていない」

事前に注意されていたのに、ぼくは驚いて、もう少しでテンネンの足をはなしてしまうところだった。

あわてて強く握り直しながら、考えた。

そうだ。ぼくは、息をしていない。そんなことを、すっかり忘れていた。

ほんとうは、こうして三人を支えているうち、「はあ、はあ」と、呼吸が荒くなるはずだ。でも、荒くしようにも、もともとぼくは、空気を吸ったり吐いたりしていない。

ぼくだけじゃない。人の吐息を聞いたこともない。

気持ちのいい丘の上で、深呼吸している人はいなかった。ぼくのばらばらの話にあきれたフンベツが、ため息をついたこともなかった。疲れたと音を上げるネムリが、苦しそうに息を乱すのも見たことがない。

「嘘よ。私はいま、息を吸ったり吐いたりしてるわよ」

フンベツが気丈に言った。

「そうだとしたら、ぼくのことばで呼吸することを思い出して、無理に胸を動かしているだけなんじゃないか。ためしに息を止めてごらん。苦しくなんてならないから」

しばらくは、だれも口をきかなかった。

　フンベツは、ネムリの言ったとおりにしてみているんだろう。そして、理屈を大切にする彼女は、どんなに嫌でも認めるしかないと、自分に言い聞かせているんだろう。我々は、人間ではないと。

　ぼくは、ずっと前から覚悟していた気がする。たぶん、飲み物のことを思い出したころから。

「人間じゃなかったら、私たちは何なの？」

　フンベツが弱々しくつぶやいた。ぼくは、力いっぱいの声で答えた。

「それを知るために、ぼくたちは先に進まなきゃいけないんだ。フンベツ、いっしょに信じよう。ぼくたちは飛べる」

　フンベツが、ぼくを見上げた。

「わかった。信じることにする。リーダーの勘って、けっこう当たるし、ほかにどうしようもないわけだし」

　最後のひとことは余計だけれど、フンベツもその気になってくれたようだ。

「よし。じゃあ、みんな、手をつないだまま、一、二の三で、空中に飛び出そう」

「ちょっと待って」

　せっかく勢いにのろうと思ったのに、フンベツに止められた。

「こんな身動きできない状態から、飛び出すなんて無理でしょ。空を飛べると信じることにはしたけど、少しでも確実にしたいから、この壁みたいな岩に足をつけて、蹴り出せるようにするまで待って」

さすがフンベツ。こんなときにも冷静だ。

フンベツは、両手を上下にめいっぱい引き伸ばされた不自由な体勢のまま、苦労しながら膝を折って、足の裏を崖の岩肌につけた。それを見てネムリも同じことをした。彼の場合、フンベツとつないでいないほうの手も使えるし、腕や脚が長い。左の肘と両膝をしっかり曲げて飛び出す準備をした姿を見ると、「バッタ」ということばが頭に浮かんで、頼もしい感じがした。

「私は、どうすればいいの」

テンネンが叫んだ。

「右の足首をはなすから、片足だけでも、岩にくっつけてみて」

ぼくは、左の足首をはなさないように気をつけながら、テンネンの右足を自由にした。テンネンが器用に体勢を整えたのを確認してから、ぼくも膝を腹の下に折り込んで、足の裏を地面につけた。

その足に、力を蓄える。ぼくらは飛べると信じながら。

「みんな、準備はいいな。じゃあ、行くぞ。一、二の三」

ぼくたちは、道と崖とをはなれて、空中に飛び出し、落ちていった。

「リーダー」

ネムリが、落下しながら、あいていた左手をぼくに向かって差し出した。ぼくはテンネンの左足から両手をはなし、右手でネムリの手をとった。

足が自由になったテンネンは、さかさまから水平へと体勢を変えながら、両手でつかんでいたフンベツの手を左手だけで握りなおし、右手をぼくに向かってのばした。

ぼくは左手で、その手をとった。ぼくたち四人は輪になった。

センジィの鳴き声が聞こえた。

見上げると、ぼくらの頭上をくるくると回っていた。

ぼくらの落下は止まっていた。

「ねえ、私たち、浮いてる？」

テンネンが声をあげたのと同時に、ぼくたちはゆっくりと回りはじめた。そして、上へと昇（のぼ）っていった。

「飛んでる。ぼくたち、飛んでる」

ぼくは愉快になって、笑い声をあげた。

「うん、飛んでる。楽しいねえ」

テンネンも笑った。

ぼくたちは、左右にのばした両手をつないで、うつぶせのような格好で飛んでいた。

そうやって、頭を真ん中に寄せ合う輪になっていたから、みんなの顔がよく見えた。ネムリは、うっとりとした表情だった。にこにこしているテンネンの髪は、いつも以上にあっちこっちを向いていた。フンベツは、目をぎゅっとつぶっていたけれど、ぼくたちの笑い声を聞いて、おそるおそるといった様子でまぶたを開いた。

「ほんとだ、飛んでる。信じられない」

「だめよ、信じなきゃ」

テンネンがフンベツを叱った。

「飛んでるってことは、信じてるわよ。目の前の事実は、信じるしかないもの。『信じられない』って言ったのは、私たち、空を飛ぶことができるのなら、これまでさんざん歩いてきたのは何だったんだろうって思ったから。こんなことなら、初めから飛んでいればよかったわ」

空を飛んでいても、やっぱりフンベツはフンベツだった。

ぼくたちは、くねくねとした崖ぞいの細道を見下ろしていた。さらにどんどん上がっていって、果てしなくそびえているように見えていたつるつるの急斜面が尽きる高みも過ぎた。

センジイは、もう輪を描いていなかった。まっすぐに、どこかに向かって飛んでいる。ぼくたちも、それに導かれるように、ゆっくりと回りながら進んでいった。

# 8　一人

ぼくたちは、風に舞う花びらのようだった。くるくると軽やかに空を漂う。愉快だった。楽しかった。ずっと、こうしていたかった。

でも、そうはいかないようだ。センジイの行く手に、白い靄が見えてきた。あそこが旅の終わりなのだと、ぼくにはわかった。

センジイが靄の中に入っていった。続いて、ぼくたちも。

怖くはなかった。黒いもやもやとちがってその靄は、一粒一粒が淡い光でできているみたいに、柔らかく輝いていた。

それに、ぼくはひとりじゃない。靄の中に入っても、つないだ手と、みんなの顔は見えていた。

自然に足が下がってきた。ぼくたちは、立っているような姿勢になって、回りながらゆっくりと下に向かった。靄を抜けて、緑の地面に着地した。

ぼくたちは手をはなして、きょろきょろとまわりを見た。

まず気づいたのは、一方が崖になっていることだった。ぼくたちの数歩先で、土地がすとんとなくなって、その向こうには、黒に近い紺色の空だけが広がっている。

そちらを前にして、左と右と後ろとは、ぐるりと靄に囲まれていた。

つまりぼくたちは、狭い空間に閉じ込められているわけだ。旅の始まりを思い出して不安を感じはじめたとき、後ろの靄からセンジイが現れた。

茶色の鳥は、ぼくたちが見ている前で、白いあごひげを垂らした老人の姿に変化した。髪も白くて、簡素な衣服も白。顔には深いしわが刻まれていて、目は落ちくぼんでいる。

でも、瞳の光はセンジイのものだった。

「おめでとう。ここが旅のおしまいだ」

「あなたは、センジイ——私たちの案内の鳥ですよね」

姿が変わるところを見ただけでは確信をもてなかったのか、フンベツが念を押した。

「そのとおり。鳥の姿できみたちをここまで案内し、人のことばできみたちの知りたいことに答える役目を負った者だ。聞きたいことがあったら、何でも尋ねなさい」

「だったら、教えてほしいんだけど、あなたは……むぎゅ」

はしゃいで何か尋ねかけたテンネンの口を、フンベツがふさいだ。

「あなたの質問はあとにして。いちばんに聞かなきゃいけない、大事なことがあるんだから」

たしかにテンネンは、ものすごくどうでもいいことを尋ねそうだったから、ぼくもネムリもフンベツの邪魔をしなかった。

テンネンを黙らせるとフンベツは、センジイのほうに一歩進み出た。

「それでは、教えてください。私たちはいったい、何なんですか」

ぼくは、こぶしをぎゅっと握って、センジイの答えを待った。

「魂だ。肉体を失ったあとの」

タマシイ。

ニクタイを失った……。

気がつけばぼくは、自分のからだのあちこちを触っていた。

それを見てセンジイが、顔のしわを深くして微笑んだ。

「ここに肉体があるじゃないかと思っているのだろう。だが、そのからだは、肉体があったときの思い出をよすがに、きみたちが知らず知らずにとっている形にすぎない。魂には決まった形がなく、だから、どんな形もとれるのだ」

そう言うとセンジイは、むくむくと太っていった。目は吊り上がり、口は左右に裂け、頭からは角が生えて、大きな赤鬼になった。裸の上半身には赤銅色の筋肉が隆々と盛り上がり、下半身には虎皮のパンツをはいている。

テンネンのいるあたりから、うなり声のようなものが聞こえてきた。おびえているのかと心配になって視線を向けると、彼女はめいっぱい力んだ顔で、ぴくぴくとからだを動かしていた。いったい何をやっているんだ。

「テンネン。もしかして、あなたも変身しようとしているの？」

フンベツが尋ねると、センジイが、もとの老人の姿にもどって苦笑した。

「どんな形もとれるといっても、そんなに簡単ではないのだよ。きみたちはまず、自分が肉体をもたない魂であることを完全に理解しなければならない。そのうえで、肉体と魂の区別を会得して初めて、自由に形を変えられるようになる。見様見真似でできることではないうえに、そうできるようになってみると、形に意味などないとわかる。だからテンネン、そんな努力はやめておきなさい」

「私、うさぎになりたかったの」

テンネンが悔しそうにつぶやいた。

そのためには、センジイの言う理解や会得の前に、うさぎが何かを完全に思い出す必要があるんじゃないかと、ぼくは思った。

「そんなことより、教えてください。私たちは肉体を失った魂だとおっしゃいましたよね。だとしたら、失われた私のからだは、どこにあるんですか。どうやったら、そこに帰れるんですか」

フンベツが話を本筋にもどしてくれた。センジイの表情も、憂いを含んだ重々しいものにもどった。

「どこにもない。きみたちとともにあった肉体は、滅びた」

「それは、死んだってことですか。私たちは、幽霊？　ここは死後の世界なんですか」

「そうとも言えるし、そうでないとも言える」

「どっちなんですか。はっきりしてください」

センジイは、じれるフンベツに優しい眼差しを向けた。

「肉体は物質だから、いつかは滅びる。肉体が滅びることを、人間の世界では『死』と呼んでいる。ここで言う人間とは、肉体と魂が結びついているもののことだ。肉体をもたない魂が、人間——生者の世界に現れて、それが人の目に映ったら、『幽霊』と呼ばれるものになるのかもしれないが、そういう例を私は知らない。魂は、肉体をはなれると、すぐにここにやってくる。この、魂が安らぐための場所に」

「安らぐ？」

フンベツの不信げな問いかけに、センジイはまた苦笑した。

「きみたちは覚えていないだろうが、ここに帰ってきた魂はまず、安らぐのだよ。球体になって、安らぎしか感じることのない海のようなところで、ただぷかぷかと浮かんでいる。考えることも、何かを思うこともせず。そうやって、肉体とともにあったときの疲れを癒すのだ。疲れがとれて、人間の世が恋しくなった魂は、人の形をとるようになる。しかし最初のうちは、美しいとか、楽しいとか、心地よいといったことのみを感じて過ごす。やがて、それに満足できなくなると、考えはじめる。肉体があったときの生活を求めはじめる。そして、旅に出る」

「なるほど、魂かあ。それなら、いろんなことに納得がいくよ」ネムリがのんびりと言った。「ぼくたちは、からだがないのに、あるときの真似事をしていたんだね。だから、息もしていないし、汗もかかないし、心臓も動いていなかったのか」

そうだ、ぼくに足りなかったのは、からだだったんだ。手でさわってみると、腕や肩があるのを感じるけれど、これは偽物だったんだ。

だって、急な坂をのぼったときも、心臓がばくばくいったりしなかった。汗がだらだら出ることもなかった。そもそも、暑いとか寒いとかを感じたことがなかった。いま立っている場所が、どんな気候なのかもわからない。

本物のからだがあれば、何もしていなくても、心臓がとくとくと動いて全身に血液を送りつづける。じっとしていても、時間がたてば空腹になったり、喉がかわいたり、……放尿したくなったりする。

それが、からだがあるということ。生きるということ。

ぼくに足りなかったのは、それだったんだ。「住む」っていうのは、ただ家の中にいることじゃなくて、生きるためのいろんなことを、そこで行なうことだったんだ。

生きる。生き物……。

ぼくははっきりと、うさぎが何かを思い出した。生者の世界には、人間以外にたくさんの生き物がいたことも。

この旅の間も、鳥を見れば、その種類はすぐに思い出せた。草や木は目にしてきた。

でもそれは、ぼくたちがゲームの中の世界かと疑ったように、嘘っぽい偽物で、数え切れないほどたくさんの種類の草木や虫や鳥や動物が、命を支えあったり奪いあったりしている世界とは、まったくちがうものだった。

　ぼくに足りなかったのは、それだったんだ。

　フンベツが、彼女の脈動していない胸に手をおいて、言った。

「そうです。私たち、旅に出て、ここに到着しました。これから私たちは、どうすればいいんですか。ここからどこに行けるんですか」

「望むなら、ふたたび人の世に行くことができる。新しく生まれた肉体と結びつき、その肉体が滅びるまで、生者として暮らすことができる」

「つまり、生まれ変われる？　私たち、そうやって、何度も人生を送ってきたんですか。これからも、肉体を替えて何度も生きていくってことですか」

「正確に言うと、少しちがう。〈生きる〉とは人間の行ないであり、人間とは、肉体と魂が結びついたもの。肉体が滅びたときに、その人間は存在をやめる。新しく生まれ出た人間は、魂が肉体に、肉体が魂に影響を与えながら成長し、その魂がかつて別の肉体と結びついていたときとは別の人間となり、一度きりの人生を送る。肉体を、物質の世界で魂が暮らすための衣装や容れ物のように考えているのなら、それはちがうのだ。滅びた肉体が、分子や原子に還元され、巡り巡って母親のからだに取り込まれ、胎児の組織を作るように、魂も、あちらとこちらを循環しつつ、生者の世で、人間を作る材料になると考えたほうが近いだろう」

センジイは何が言いたいんだろう。

ここにいるぼくはぼくだけど、肉体と結びついたら、ぼくではなくなるということ？

それとも、ぼくであって、同時に、ぼくではなくなるということ？

たぶん、そういうことなんだろう。ことばではうまく説明できないけど、わかる気がする。

でもきっと、そういうの、フンベッには受け入れがたいだろうなと思っていたら、やっぱり、センジイに食ってかかった。

「でも、私は肉体とともにあったときのことを、少しは覚えている。それって、その人間が、まだ存在していることにはなりませんか」

「何を覚えているのかな」

センジイは、フンベツの剣幕に動じることなく、おだやかに問い返した。

「それは……、私はベッドで寝たことがある。お茶を飲んで、食べ物を食べて……ゲームをしたことがある。それから、雷がどうして光るのかを知っていた」

「では、何という名前だった？　どんな形のベッドに寝ていた？　だれと暮らしていた？」

フンベツは、下を向いてじっと考え込んでから、きっぱりと顔を上げた。

「いまは思い出せないけど、時間をかければ、きっとそのうち思い出せるわ」

「いいや、きみは思い出せない。雷がなぜ光るかなら、思い出せるかもしれないが、私の尋ねたようなことは、決して思い出せない。なぜなら、それらは個人的な体験だからだ。そうした記憶は、脳神経という肉体に刻まれて、肉体の消滅とともに消え失せる。それが、『死』ということであり、だから、人生は一度きりなのだ」

「だったら、ここにいる私は、何なんですか」

結局また、この質問に立ち戻る。

「魂だよ。何度か肉体と結びついて、人としての生をまっとうした経験をもつ、魂だ。そして、具体的な記憶は残らなくても、その経験は、きみの中に残っている」

「そんな理屈、私には、理解できない」

フンベツは弱々しくつぶやいた。

「理解できなくても、感じてはいるはずだよ」

センジイは、フンベツが納得するまで見守ろうとしているような眼差しで、彼女を見つめていた。でも、ぼくはもう黙っていられなかった。

「そんなこと、どうでもいいじゃないか。肝心なのは、これからのことだろう。ぼくたちはまた、からだが持てるんだ。肉体と結びついて、生きることができるんだ」

《集団遊技の町》は、罰でも、ひどいところでもなかった。それが、センジイの話を聞いてまず、ぼくが思ったことだった。あそこは、安らぐための所だった。

でもぼくは、それに飽き飽きしていた。だから、町を出て、旅に出た。

ぼくは、生まれたいんだ。からだを持った人間として、生きたいんだ。

センジイの言うように、具体的なことは何も思い出せないけれど、ぼくは確かに知っている。一所懸命走ったあとの心臓がばくばくいう感じとか、汗をかいたからだに吹く風の涼しさとか、だれかと手を握ったときの温もりや柔らかさ。

ぼくは、フンベツの赤い唇を見た。

こんな唇に、どきどきしたことがある。苦しかった。いま感じている、苦しいような感じとちがって、ほんとうに心臓がぎゅっと締め付けられて、苦しかった。

そして、こんな唇にキスをした。

肉体と魂がいっしょになって、だれかを愛した。

そのだれかの顔や名前や交わしたことばは、二度と思い出せないのかもしれないけれど、そのとき感じた喜びや愛しさは、ぼくの中に残っていた。

もう一度、だれかと出会いたい。肉体を持ったぼくが、肉体を持っただれかと。

そして、感じたい。真似事でなく、ほんもののからだを感じたい。

フンベツの赤い唇がほころんだ。

「そうね。リーダーの言うとおり。肝心なのは、私たちがまた、人生を送れるということよね。からだを持って、具体的なことも記憶できるようになれば、私はまた、ちゃんと考えたり話したりできるようになる。センジイ、教えて。私たち、どうすれば生者の世界に行けるの」

「イヤ！」

鋭い、悲鳴のような叫びが聞こえた。

テンネンが、うつろな顔で首を左右に振っていた。

「嫌だ、怖い、嫌だ、嫌だ、怖い」

頭を抱えてうずくまった。まるで消えてしまおうとしているみたいに、小さく丸まった。

「嫌だ、怖い。生きるのって、怖い。痛い。つらい。悲しい。怖い。嫌だ。熱い、熱い。苦しい」

「テンネン、落ち着いて。ここには怖いことは、何もないのよ」

フンベツが、テンネンのそばにしゃがんで、その背をなでた。

「リーダーたち、忘れてるんだ。からだがあると、痛い。熱い。つらい」

テンネンの苦しそうな声を聞いて、ぼくは思い出した。からだがあると、いいことばかりじゃないんだ。

ぼくがこの旅で感じた苦しさは、本物の苦しさの上澄みみたいなものだった。険しい山を両手両足でよじのぼっても、ぼくはかすり傷ひとつ負わなかった。ほんとうは、手足がひりひりするはずだったのに。

テンネンにツリーハウスから突き落とされたとき、ものすごい恐怖を感じた。あれは、肉体と結びついていたときに植えつけられたものだったんだ。本物のからだがあったら、あのときぼくは、足の骨でも折っていたかもしれない。うまく着地していなかったら、頭蓋骨を砕かれていたかもしれない。そうなったときの痛さ、つらさ、苦しさは、きっと、いまのぼくでは受けとめきれないほどのものだ。

しかも、いまだったら、苦しい感じがしても、気持ちをほかに向けることで、そこから逃れることができる。

肉体が受けた苦しさは、そうはいかない。どんなにあがいても、もがいても、容赦なく、間断なく襲ってくる。

「それに、人間は人間に、ひどいことをする。嫌だ。怖い」

おびえるテンネンを見ているうちに、ぼくの心はひるんでいった。

そうだ。生者の世界は、怖い。とてつもなく怖い。

ぼくの中を、大量の、ぞっとするイメージが駆け抜けた。

「センジイ。あなたはさっき、望むなら、私たちはまた、肉体と結びつくことができると言いましたよね。望まなかったら、どうなるんですか」

フンベツは、テンネンのために尋ねたんだろう。でも、自分でも知りたかったんじゃないかな。ぼくには、フンベツもひるんでいるように見えた。

センジイが、右手を真横に上げた。そちら側の靄が晴れて、一本の土の道が現れた。

「その道をたどれば、もとの場所にもどることができる。きみたちが互いを見つけた町や村や丘がある場所に。ただし、その道に一歩足を踏み入れたら、きみたちは、この旅のことをすべて忘れる」

歩きやすそうな土の道が、ぼくの目には輝いて見えた。フンベツと出会った宿やテンネンのツリーハウスやネムリの寝ていた丘が、無性に懐かしかった。

あそこには、ほんとうに嫌なことや苦労なんてなかった。のんびりしようと思ったら、いくらでもそうできた。

でも、この旅のことを忘れてしまうということは、「名前」や「ありがとう」も忘れるのか。フンベツや、テンネンや、ネムリのことも。そして、わけのわからない物足りなさだけを感じるようになり、また旅に出る……。

もしかしたらぼくは、それを何度も繰り返しているんじゃないのか。

ぼくは、紺色の空を見た。右手の徴を見た。どうしていいか、わからなくなった。

フンベツに目をやると、彼女も途方に暮れていた。

「あせらなくていい。大事なことだ。ゆっくりと、よく考えて決めればいい」

センジイは、柔和に目を細めた。

「考える必要なんてない。ぼくは、生者の世界へ行くよ」

ネムリがきっぱりと言った。

驚いた。こいつはテンネン以上に、もとの場所にもどりたがると思っていた。なにしろあそこでは、いくらでも寝ていられる。

「だいじょうぶ？　からだと結びつくと、ここまでの旅とは比較にならないくらい、疲れることが多くなるわよ」

　フンベツも、ぼくと同じことを思ったようだ。

「うん。だから、行きたいんだよ。本気で疲れたあとで休むのは、気持ちがいいから」

ネムリはうっとりとした顔になった。「ぼくは、眠るのが好きなんだ。ぐっすり眠るのも、うとうとするのも」

「そんなの、ここでもできるじゃないか」

　ぼくの指摘に、ネムリは首を左右に振った。

「みんな、まだ気づいていなかったのかい。ぼくたちは、一度だって、ほんとうに眠ったことはないんだよ。ただ、考えるのをやめてじっとしていただけで。あんな真似事だけでは満足できないから、ぼくはきみたちと旅に出たんだ」

　言われてみれば、ぼくたちがやっていたことは、眠りではない。本物の眠りは、起きたときにすっきりしていたり、逆にからだがだるかったり、途中で夢をみたりするんだ。

　そんなことも忘れてぼくは、横になったら習慣的に目をつぶり、考えるのをやめていた。それをおかしいとも思っていなかった。

　眠るのが好きなネムリは、ぼくたちの眠りが本物でないことに気がついたから、だれよりも早く、ぼくたちが生きている人間でないことにも気づけたんだな。

「私も、行く」フンベツが、立ち上がりながら言った。「つらいことがあっても、苦しいことがあっても、私はこれまでの人生で、生まれたことを後悔したことはない。具体的なことは覚えていなくても、それだけは確かだと思えるの」

　フンベツは、彼女らしい強い目をしていた。その目がぼくに勇気をくれた。

「そうだね。つらいことがあっても、苦しいことがあっても、生きていてよかったと思えるような、楽しいことやうれしいこともあった。ぼくも、もう一度、生まれたい。からだといっしょに生きたい。そのときのぼくは、いまのぼくとちょっとちがっても、ぼくは生きていることを感じたい。そのために、ぼくは旅してきたんだから」

　しゃがんだままのテンネンが、さびしそうにぼくたちを見上げていた。

「テンネンは、無理しなくていいんだよ。怖かったら、もとの場所にもどればいい。ひとりで帰れるよね」

　ぼくが声をかけると、くしゃっと顔をゆがめた。

「いいや、それはできない」センジィが厳かに告げた。「行くか、もどるか、全員が同じでなくてはならない」

「え」とフンベツが絶句し、「そんなあ」とネムリが情けない声を出した。

　ぼくも、ふたりと同じ気持ちだった。そんな規則があるのなら、テンネンが行きたくないと言い張るかぎり、ぼくたちは生者の世界に行くことができない。

　どうしていいかわからなくなって、呆然としていると、フンベツが意を決した顔で、ふたたびテンネンのそばに身をかがめた。

「ねえ、思い出して。人生は、つらいことばかりじゃないのよ。楽しいことや面白いこともあるのよ」

「よせよ」ぼくは、フンベッツの肩をつかんだ。「きっとテンネンは、ぼくたちよりずっとずっと、つらい思いをしたんだ。ひどいめにあったんだ。だって……」

何かがわかりかけた気がして、ぼくは必死に考えた。

ああ、そうだ。

「前にゲームの話をしたとき、テンネンだけが、何のことかわからずにいたよね。ぼくはそれが不思議だった。でも、センジイの話を聞いてわかった気がする。ぼくたちは、何回か肉体と結びついて人生を送った。ちゃんとは覚えていないけど、その時々で、ぼくを取り巻くいろんな物は、変わっていった。増えていった。時代がちがうっていうのかな」

「うん、わかるよ」とネムリがうなずいた。

「その中で、ぼくたちが話題にしたゲームは、比較的新しいものだって気がするんだ。そして、ぼくたち三人は、そのゲームを知っていて、やったことがあり、テンネンは知らない。きっとテンネンは、ぼくたちより長く、ここにいたんだ。ずっとずっと長いこと、球形になって、癒しの海に浮かんでいたんだ。そうしなければならないほどひどい経験を、テンネンはしたんだ。だから、フンベッツ、無理強いしちゃいけない。こんなにおびえているのに、テンネンを無理に行かせちゃいけない」

フンベッツが何か言いかけたが、ぼくはそれを遮（さえぎ）って続けた。

「いいから、聞いて。ぼくだって、からだを持ちたい。人間として生きたい。だから、もとの場所にもどって、この旅のことを忘れても、きっとまた旅に出る。フンベツもネムリも、そうすればいいんだ。テンネンのために、今回はあきらめよう」

「あのねえ」フンベツが立ち上がって、ぼくに顔をぐいと寄せた。赤い唇と、吊り上がった目が間近に迫った。「早合点するのはやめてよ」

「早合点って、何のことだよ」

「私が、自分の都合で、テンネンを説得しようとしていたと考えたでしょう。ちがうわよ。そりゃあ私だって、テンネンが行く気になってくれたらありがたいけど、そのために言いくるめようとしたわけじゃない。テンネンにとってどうするのがいちばんいいかを考えたら、行くべきだと思ったのよ」

「どうしてさ。こんなにおびえているのに」

「こんなにおびえているのに、テンネンは、センジイがもどる道を示しても喜ばなかった。まだ一度も、もどりたいと言っていない」

「それは、それどころじゃないからだろう。テンネンはきっと、ぼくたちには想像もつかないほどひどいめにあったんだ。センジイの話を聞いて、生きていたときのつらさを思い出して、そのつらさで心がいっぱいになっているんだ」

「そんなことは、私だってわかるわよ。でも、もしもつらいばっかりだったら、どうしてテンネンはここにいるの」

「どうしてって……ぼくたちが旅に連れ出したからだ」

「そうね。ツリーハウスにいた彼女を、私たちが連れ出した。でも、そもそもどうしてツリーハウスにいたの。球形になって、癒しの海に浮かんでいなかったの」

「それは……」

ぼくはテンネンに視線をやった。彼女は、おびえるのをやめて、じっとフンベツを見つめていた。

「どうしてテンネンは、人の形をとっているの。また、からだと結びつきたいからでしょう。肉体を持った人生を送りたいからでしょう」

そうなんだろうか。テンネンは、肯定も否定もせず、ただフンベツを見つめている。きっと、自分でもどうしていいか、わかっていないんだ。

でも……フンベツの言うとおりかもしれない。

テンネンは、ぼくたちが誘ったからついてきたってだけじゃなかった。だまし討ちみたいなことまでして、ネムリの徴を出現させた。いっしょに旅をするよう彼を説得するのに加わった。休憩が終わって出発するとき、いつもうれしそうだった。

それに、テンネンは、楽しいことが好きだ。何でもない出来事の中に喜びを見つける名人だ。きっと、ぼくたちのだれよりも「人生」を楽しむことができる人間――じゃなくて、魂なんだ。

そうだ。フンベツの言うとおりだ。テンネンは、ものすごく行きたいのに、ものすごく怖い。その葛藤（かっとう）に苦しんでいるんだ。

「ねえ、テンネン」ネムリが彼女のそばにしゃがみ込んだ。「この前の人生がひどいものだったのなら、今度の人生は、楽で幸せなものかもしれないよ。だって、悪い運ばかり引くことって、そうそうないもの」

ネムリにのんきな顔で言われると、そうかなと思えてしまうけど、この理屈はまちがっている。悪い運をたてつづけに引くってこともありえるし、テンネンみたいなやつは、意地悪な人間に目をつけられやすいんだ。おまけに彼女は、嫌なことが起こりかけたときに、さっさとそこから逃げる器用さもない。次の人生でも、つらいめにあう可能性は高いんじゃないか。

だったら、テンネンはどうしたらいいんだろう。ぼくは、どうすればいいんだろう。

考えて……決めた。

「テンネン、心配するな。困ったことが起きても、ぼくが助ける。ぼくが、きみをさがして、見つけて、きっと助けるから、今度の人生は、前みたいなつらいことにはならない。させない」

「言っておくが、きみたちは、新たに肉体と結びついたとき……」

「ここでのことはすべて忘れるんだろう」ぼくは、センジイのことばを遮った。「わかってる。でも、具体的なことを忘れても、イメージは残る。だからこれから、ぼくは魂に刻みつける。きみたちの顔を。この顔に出会ったら、助け合わなきゃいけないってことを」

せっかくぼくがすごい決意をしたのに、フンベツが冷静に指摘する。

「だけど、新しい肉体と結びついたら、外見はすっかり変わってしまうんじゃない？」

そのとおりだ。がっくりと肩を落としかけたとき、ネムリが救いの手をさしのべてくれた。

「それでも、魂の気配は覚えていられるんじゃないかな。ぼくたちは、お互いを感じながら、こんなに長く旅をしたんだ。きっと、出会えばそうとわかるよ」

「そうね」フンベツが明るい顔になった。「きっと覚えていられる。だからテンネン、心配しないで。私かリーダーかネムリが、あなたを見つける。そして、ひどいことをする人たちから、あなたを助ける」

ぼくとネムリは同時に深くうなずいた。

「ホント？」

ようやくテンネンが、つらいとか嫌だ以外のことを言った。

「そうだ、いいことを思いついた。合い言葉を決めましょうよ。ここでの出来事をすべて忘れても、そのひとことだけは魂に刻み込む。お互いに出会ったら、そのことばを言いたくなるように」

「いいね。合い言葉を手がかりにすれば、ぼくたちは仲間だった、助け合わなきゃいけないってイメージを、思い出しやすくなる」

さすがはフンベツ。いいことを思いついてくれた。

「じゃあ、どんな言葉にする？『センジイの尾羽』？」

ネムリが言うと、フンベツが顔をしかめた。

「そんなの覚えにくいわ」

「青い丸」

テンネンがつぶやいた。

「そうだ、『青い丸』。これならイメージしやすい。ぼくたちの合い言葉は、『青い丸』だ」

ぼくが叫んだとき、センジイが、「コホン」と咳払いのような音を発した。

「盛り上がっているところを申し訳ないが、きみたちは決して、互いに出会うことはできない」

いったい何なんだ、その規則は。

ぼくは、この世界全体をつくっているだれかに、猛然と腹が立った。

「どうしてですか。私たち、ものすごく離れた場所に生まれることになるんですか」

「運命のいたずらで、絶対に出会えないようになっているとか？」

フンベツとネムリの問いかけに、センジイはかぶりを振った。

「きみたちは、決して出会うことはできない。なぜなら、きみたちは、同じ肉体に宿るからだ」

しばらくの間、だれも口をきかなかった。

同じ肉体に？　そんなの、意味がわからない。

「そういうの、あった気がする」フンベツが、頭にこぶしを当てて何かを懸命に思い出そうとしていた。「ひとつの肉体に、いくつかの心が宿る……。ああ、そうだ。多重人格。私たち、四重人格の人間になるってことですか」

「いいや、ちがう。多重人格というのは、生きている人間がわずらう病気のことだろう。そういうものではないのだ。きみたちは、ひとつの魂となって、ひとつの肉体と結びつき、意識が分裂することはない」

それって、ものすごく、ぼくがぼくでなくなるということじゃないんだろうか。

おまけに、このやっかいな三人と、これからもずっといっしょにいるってことか？

それは、けっこう、かなり、大変なんじゃないか？

ぼくは思わず、もとの場所にもどれるという道に目をやった。

「だって、私は女で、リーダーやネムリは男なのに」

フンベツも、同じほうに視線を向けていた。

「言っただろう、その形に意味はないと。いまはたまたま過去の強い印象からそれぞれの性を選んでいるが、魂に、男も女もないのだよ」

そのことも、ぼくたちを混乱させた。

ぼくは女に生まれるかもしれない。フンベツが男になるかもしれない。どっちにしてもぼくたちは同じ肉体の中にいて、出会うことはできない。

でも、ぼくはからだが欲しい。人間として生きたい。いったい、どうしたらいいんだ。

このときも、最初に決断したのはネムリだった。

「この三人といっしょかあ。だったら、あんまりゆっくり休ませてもらえそうにないな。でも、それもいいか。休みすぎると、うとうとするのがあんまり楽しくなくなるってわかっていても、動きだすのが億劫で、ついつい休みつづけちゃうんだよね。でも、リーダーたちがいっしょなら、だいじょうぶだ」

そんなに簡単に納得していいのかと、ぼくは思った。四つの魂がひとつになるということは、ぼくは、ひとりの人間の心の四分の一になってしまう。それって、肉体と結びつくかつかないかより、大きな変化なんじゃないか。

「センジイ、教えてください」フンベツが、また胸に片手をおいた。「私はときどき、自分の中に矛盾する気持ちを感じることがあるんです。楽しいと思いながら、同時に不安だったり、腹が立っているのに、ほっとしていたり。もしかしたら、私はすでに、いくつかの魂がいっしょになったものなんですか。そうやって、魂はどんどんいっしょになっていって……もしかして、最後には、すべての人類がひとつの魂にまとまるんですか。それによって、世界は完全に平和になるんでしょうか」

ははは、とセンジイは笑った。

「そんな壮大な話、私にはわからない。わかっているのは、生者の世界に行くと決めた

《旅の仲間》は、ひとつの魂になって、新しい肉体と結びつくということだけだ。しかし、全人類がひとつの魂にまとまるというのは、どうだろう。新しい肉体の誕生とともに、新しい魂が生まれることもあるようだし」

　ほんとうに壮大な話だ。壮大すぎて、いまのぼくにはどうでもいい。大事なのは、ぼくがこれからどうしたいかだ。ぼくは、こいつらとひとつの魂に……なりたいのか？

「わかりました」とフンベツがうなずいた。「この旅は、試験だったんですね。私たちが、ひとつの魂になってうまくやっていけるかの。そして、合格した私たちは、うまくやっていける」

　なるほど、とぼくは思った。センジイは、そうだともちがうとも言わずに、ただにこにこと笑っている。

「ねえ、テンネン」フンベツが、これまでに見たことのないくらい優しい笑顔をテンネンに向けた。「今度の人生では、なんにも心配することないわよ。だって、みんないっしょだもの。あなたに――私たちに、ひどいことをしようとする人がいたら、きっとリーダーがやっつけてくれる。難しい問題に突き当たったら、私がいい解決策を考える。それでも物事がうまくいかない、どうしようもない時には、無理をせずに、ネムリに任せてゆっくり休めばいい。そして、いろんなことが順調で、困ったことやつらいことがない時は、あなたの出番よ。あなたは――私たちは、思いっきり人生を楽しむ」

　そうだ。こいつらを、やっかいだなんて考えなくていいんだ。ぼくたちはみんな、得意なことがちがっている。それを発揮しあえばいいんだ。

たとえばテンネンは、楽しむことがほんとうに上手だから、こいつといっしょなら、ぼくは人生を、ぼくだけのときの何倍も楽しむことができるだろう。

四人いっしょって、そういうことなんだ。ぼくは四分の一になるんじゃなくて、四倍になるんだ。


「うん。みんなといっしょなら、怖くない」

テンネンが笑った。

フンベツは、姿勢を正して、センジイに真顔を向けた。

「センジイ、いままでありがとうございました。私たち、ひとつになって生者の世界で人間として生きたいと思います。教えてください。どうすればいいんですか」

「崖の近くに立って、右手を重ねなさい」

ぼくたちは、顔を見合わせて、うなずきあった。

まずフンベツが、数歩移動して、右手を突き出した。

つづいてぼくが、隣に立って手を重ねた。わくわくしているのに、ちょっとだけ残念な気もしていた。肉体を持ったぼくは、この赤い唇の少女と、出会うことはできない。

でも、別のだれかと出会える。ぼくは——ぼくたちは、これからたくさんの人間と出会って、触れ合って、好きになったり喧嘩(けんか)をしたり、人間ならではのいろんな関係をもつことになる。

ああ、ものすごく楽しみだ。

ネムリが、ぼくの手の上に右手を置いた。

「ぼくたち、休み休み生きようね。リーダーもフンベツも、突っ走りすぎないでくれよ」

やっぱり、こいつとひとつの魂になるのはやっかいかも、と思った。

テンネンが近づいてきた。ネムリが彼女に向かって言った。

「きみ、センジイに何か尋ねたいことがあったんじゃなかった？　いま聞かないと、二度と聞けなくなるよ」

そうだった。ここに着いてすぐ、テンネンは何か尋ねようとしていた。

だけど、ネムリのやつ、あんなにすごいことを次々に聞かされたあとで、よく覚えていられたものだ。

ネムリのこんな優しさは、ぼくにはない。こいつとひとつの魂になることで、この優しさは、ぼくのものにもなるんだな。

「うん。えーとね、センジイも、私たちの《旅の仲間》なんだよねって聞きたかったの」

「何を言ってるの。センジイは、案内の鳥。私たちとはちがうのよ」

旅のあいだに何度も聞いた、おとぼけテンネンとがみがみフンベツのやりとりが復活した。

「そうなの？」

　テンネンに無邪気に聞かれて、フンベツは自信がなくなったようだ。

「だって、センジイは鳥だし……あ、いまは人の形をしているのよね。そういえばセンジイは、魂が自由に形を変えられるという話をしながら、別の形になってみせた。……ということは、もしかしてセンジイも、私たちと同じ、魂？」

「そのとおり。私は、ここに長くいすぎて、いろいろなことを知るようになったため、《旅の仲間》を案内する役目を負うことになった魂だ」

　そうだったのか。

　ぼくは、ちょっとびっくりした。自分のことに夢中で、センジイが何かなんて考えたこともなかったけど、さすがはテンネンとフンベツ。勘と理屈で、意外な告白を引き出した。

「どっちにしても、いっしょに旅をしたんだから、仲間でしょ。ねえ、センジイの右手にも、徴がある？　あるのなら見てみたいって言いたかったの。そして、フンベツに邪魔されたの」

　センジイは、おそるおそるといった感じで、自分の右手を見た。

「ほんとうだ。私の手にも、きみたちのと同じ徴がある。これまで何組もの《旅の仲間》を案内し、見送ってきたが、私にそんなことを尋ねた者はいなかったから、気づかなかった」

センジィは、右のてのひらをぼくたちに向けた。見慣れた青い丸がそこにはあった。

「だって、いっしょに旅した仲間だもの」

テンネンは、得意気な顔で鼻の下をこすった。

「これで気がすんだなら、さっさと手を重ねて。あなたで最後なんだから」

フンベツは待ちくたびれたようだった。ぼくもそうだ。センジィとは別れがたいけれど、行くと決めたら、早く行きたい。

ところがテンネンは、きょとんとした顔になった。

「私で最後？　センジィがいるのに？」

センジィは、両目を大きくみひらいた。

「私？　いや、私は案内をする役目を負った者で……」

「でも、センジィも魂なんでしょ。私たちといっしょに旅をした仲間でしょ。案内はもう終わったんだから、いっしょに行こうよ」

「いや、私は……」

ぼくとフンベツは思わず顔を見合わせた。

「無理なんですか？　無理でなければ、そして、あなたさえよければ、私もあなたといっしょがいいです」

フンベツが言った。

「ありがとう。そんなふうに誘ってくれたのは、きみたちが初めてだ。無理か無理でないか、私にはわからないが、やってみることはできるだろう」

「じゃあ、やってみてよ」

　ネムリが言った。

「しかし、いいのか。私のような古びた魂がいっしょだと、生きるのがやっかいになるぞ」

「だいじょうぶ。ぼくたち四人だけでも、じゅうぶんにやっかいだから」

　ぼくはうれしくてたまらなかった。さすがテンネン。ほかのだれも思いつかない、すごいことを思いついてくれた。

　いまはとまどっている二つの瞳と、旅の間、何度も見つめあったことを、ぼくは思い出していた。

　センジイは、ぼくたちが進むのをやめたときにも、急かしたり脅したりしなかった。黙って見守っていてくれた。ただ導いてくれただけじゃない。センジイがいっしょだったから、ぼくたちはここにたどりつけたんだ。これからもセンジイがいっしょなら、ぼくたちは四人だけより、きっとうまくやれる。

「リーダーの理屈は理解不能だけど、いっしょに来てください。嫌でなければ」

　センジイがいっしょだと、フンベツまで、こうした控え目な態度をとるようになる。

「嫌ではない。案内の役を負うようになって、そうした願いをもつことも忘れていたが……」

　センジイは、うんと遠くを見つめるような顔をしてから、尋ねた。

「ほんとうに、私もいっしょに行って、いいのだな」

「もちろん」

　四人そろって返事をした。

「では、やってみよう。私が手を重ねて何も起こらなかったら、四人で手を重ねなおして、四人だけで行きなさい」

　ネムリの手の上に、テンネンが右手を置いた。センジイが近づいてきて、重なった四つの手に向かって右手を差し出そうとした。

「ちょっと待って」

　ぼくは、まだ何か言っておかないといけないことがある気がした。

「何よ。私は早く行きたくて、うずうずしているのよ」

　フンベツが、いらいらとからだを揺すった。

「ぼくも、そうだ。でも、聞いてほしい」

　頭の中を整理しようとしたけれど、うまくいかなかった。ばらばらなまま話すことにした。

「ぼくたち、忘れないようにしよう。ここでのことを全部忘れてしまっても、これだけは覚えておこう」

「合い言葉はいらないのよ。私たち、もともといっしょなんだから、見つけあったりしなくていいのよ」

　すっかり元気になったテンネンが、まぜっかえした。

「わかってる。そうじゃなくて、覚えておきたいのは、ひとりじゃないってこと。ぼくたち、ここでのことを忘れて、ひとつの肉体と結びついて、ひとつの魂になる。でも、はっきりとことばで思い出せなくても、覚えていよう。ぼくたちは、ひとりのときも、ひとりじゃない。仲間といっしょだ。まわりにだれもいなくても、ひとりじゃない。だれにも理解してもらえないときも、ひとりじゃない。だれも愛してくれないときも、孤独で、孤立無援だと思っても、ほんとうは、ぼくの中にフンベツがいる。テンネンがいる。ネムリがいる。センジイがいる。ぼくを応援してくれる。助けてくれる。守ってくれる。……こんな言い方をすると、ぼくの中にみんながいるみたいだけど、そうじゃなくて……」

　どうしよう、わけがわからなくなってきた。

　だけど、フンベツは、大きくうなずいた。

「うん、わかった。ここにいる私じゃなくて、ひとつになった私の中に、みんながいる。そのことが言いたいのよね」

「そうなんだ。みんないっしょで、だから、ひとりじゃない」

「そうね、私はひとりじゃない。そして、どうしようもなくなったとき、私が主導権を譲れば、ほかのだれかが、私には思いもよらない方法で、何とかしてくれるかもしれない。くじけそうになったときには、自分の心に耳をすませれば、きっと、私の中のだれかが励ましてくれる。私は、ひとりのときも、ひとりじゃない。そのことを、忘れない」

ぼくの言いたかったことと、ちょっとちがう気もしたけど、まあいいや。フンベツの考えは、すぐにぼくの考えにもなるんだ。

「忘れない。ひとりじゃない」

テンネンが、真顔で言った。

「うん、忘れない」

ネムリも誓った。

「忘れない」

そう言ってセンジイが、右手を重ねた。

重なったぼくたちの手の中から、青い丸が現れた。てのひらにあったときには平面だった模様が、球形になって、五つの手を包み込んだ。

青といっても、真っ青ではない。きらきらしているのに優しい色合いで、ところどころ、白やそのほかの色ににごっている。

この球体を、ぼくは見たことがある。これは……地球だ。

ああ、そうだ。《集団遊技の町》でも、そのあとでも、ぼくは太陽を見ていない。月も星も見ていない。夕焼けをながめたときでさえ、そこに夕日はなかった。空が明るくなったり暗くなったりしてもそれは、物質がある世界の真似事にすぎなかったんだ。ここは天体さえない、魂がいるだけの、空っぽの世界だったんだ。

物質がなくて、生命がなくて、だから、真似事以外では苦しいことや嫌なこともない、安らぎの世界だったけど、空っぽだったんだ。

これからは、太陽や月や星の下に暮らせる。山ほどの命や物に囲まれて。それが、生きるということ。

ぼくたちの手を包んだ青い球は、しだいに大きくなって、ぼくたちの腕に達し、肩に達し、全身を包み込んだ。

ぼくの境界が溶けはじめた。みんなを直(じか)に感じる。

もうすぐだ。もうすぐぼくは、仲間とひとつの魂になって、この青い惑星(ほし)の上に、生まれる。

# 解説

大矢(おおや)博子(ひろこ)（書評家）

二〇一四年一月に『ぼくは〈眠りの町〉から旅に出た』と『通り雨は〈世界〉をまたいで旅をする』の二冊が同時刊行された。

このふたつの物語につながりはなく、登場人物も舞台もまったくの別物。のみならず〈眠りの町〉はファンタジー、〈世界〉はSFと、ジャンルすら異なる。ではそんな二冊がなぜ同時に、しかもタイトルも装丁もまるでシリーズもののような造りで出されたのか？

それをこの解説で読み解いていきたいのだが、まず文庫化に際し、『ぼくは〈眠りの町〉から旅に出た』は『記憶の果ての旅』（本書）に、『通り雨は〈世界〉をまたいで旅をする』は『旅する通り雨』に改題されたことをご報告しておく。そして本書は『旅する通り雨』よりも一ヶ月早く刊行される。つまり今これをお読みの方は（単行本で読んでいなければ）、まだ片方しかご存知ないわけだ。

なので結論は来月までお待ちいただくとして、まずは本書の内容を見てみよう。

不可思議な球技に興じる少年の場面で物語は幕を開ける。その球を見る少年は「大砲に打ち上げられた弾みたい」と考え、すぐに（でも、「大砲」って何だっけ）と感じる。光の束を見て「噴水のよう」と思い、すぐに（でも、「噴水」って何だっけ）と疑問を抱く。だがそれらの思いもまた、すぐに忘れられていくようだ。

始まって数ページで、彼は何なのだ？　という謎が読者をからめとる。彼が〈忘れていること〉があまりに多いのだ。

そして彼はある出会いを経て、この町を出て旅をすることになる。その途中で、ともに旅をする仲間が増える。仲間たちもまたいろんなことを忘れているらしい。そしてさまざまな冒険を経て、彼らは忘れていることを思い出し、〈自分とは何なのか〉を見つけていく。

旅の先に待つ真実の自分の姿――というのはファンタジー小説の定番だ。そんな中でも本書は、登場人物たちが忘れていたこと（それは生きていく上で必要不可欠なものも含まれる）を旅を通して少しずつ思い出す過程と、なぜ忘れていたのかという謎と、思い出したときに何が起きるのかという結末に至る流れが実に見事。途中に示されるある仮説には、「そうだと思ったんだよ！」と深く頷く読者も多いのではないだろうか。

もちろん、読者が「そうだと思った」展開でとどまるわけがない。興味深いのは、忘れていたことを彼らが少しずつ思い出すにつれて、「それを忘れていたということが何を意味するのか」が明確になることだ。思い出すことで彼らの世界が広がる。それはまるで赤ん坊がまず自我を得て、次に他者の存在を認識し、言葉を知り、世界の構成要素を知り、少しずつ一個の人間になっていく様子にも似ている。そしてその結果、この世界――作中世界ではなく私たちが暮らすこの世界が、何によって形作られているのかが見えてくるのだ。

　さらには、役割分担のはっきりした旅の仲間たちのキャラクター造形が、冒険を盛り上げるのみならず、それにもまた意味があったことがラストで明かされる構成にも注目。寓話(ぐうわ)的な世界を描いていて、実に緻密(ちみつ)に計算されているのである。

　そこに浮かび上がるのは〈孤独〉だ。これこそが本書のテーマと言っていい。

　登場人物たちははじめは皆、ひとりだった。そこに不満はなかった。けれど他者と会い、仲間になり、そこで初めて「さびしい」という言葉とその概念を思い出す。人は他者との関係を持つことで初めて〈孤独〉を知る、ということがここで語られるのだ。しかし物語はそこで終わらない。このラストシーンを経ることで、人はひとりであっても孤独ではないという力強いメッセージが受け手に届くのである。

　登場人物が言葉を知らないのだから当然なのだが、結果として易しい（優しいと書いてもいい）文章になっているので、若い読者にもストレートに伝わるのではないだろうか。日々の生活の中で、自分はひとりだ、孤独だと感じることがある人に、ぜひ本書をお読みいただきたい。

　これがファンタジーの強みだ。

生命維持の方法すら忘れている、言葉も忘れている、そんな状態で〈生きている〉

〈考えている〉からこそ彼らの変化とこの結末が描けるのである。これがＳＦであれば、そこにはなんらかの合理的解釈や裏付けが必要になるが、そうすれば〈孤独〉というテーマから乖離してしまう。ファンタジーだからこそ成立する物語なのだ。

ではもう一冊の『旅する通り雨』がＳＦである理由は？　それはまた一ヶ月後に。

本書は、二〇一四年一月に小社より刊行された単行本『ぼくは〈眠りの町〉から旅に出た』を改題し文庫化したものです。

# 記憶の果ての旅

沢村 凜

令和5年 1月25日 初版発行

発行者●山下直久

発行●株式会社KADOKAWA
〒102-8177 東京都千代田区富士見2-13-3
電話 0570-002-301(ナビダイヤル)

角川文庫 23497

印刷所●株式会社暁印刷
製本所●本間製本株式会社

表紙画●和田三造



●お問い合わせ
https://www.kadokawa.co.jp/ (「お問い合わせ」へお進みください)
※内容によっては、お答えできない場合があります。
※サポートは日本国内のみとさせていただきます。
※Japanese text only


ISBN 978-4-04-112830-5 C0193

◇◇◇

# 角川文庫発刊に際して

角川源義

第二次世界大戦の敗北は、軍事力の敗北であった以上に、私たちの若い文化力の敗退であった。私たちの文化が戦争に対して如何に無力であり、単なるあだ花に過ぎなかったかを、私たちは身を以て体験し痛感した。西洋近代文化の摂取にとって、明治以後八十年の歳月は決して短かすぎたとは言えない。にもかかわらず、近代文化の伝統を確立し、自由な批判と柔軟な良識に富む文化層として自らを形成することに私たちは失敗して来た。そしてこれは、各層への文化の普及滲透を任務とする出版人の責任でもあった。

一九四五年以来、私たちは再び振出しに戻り、第一歩から踏み出すことを余儀なくされた。これは大きな不幸ではあるが、反面、これまでの混沌・未熟・歪曲の中にあった我が国の文化に秩序と確たる基礎を齎らすためには絶好の機会でもある。角川書店は、このような祖国の文化的危機にあたり、微力をも顧みず再建の礎石たるべき抱負と決意とをもって出発したが、ここに創立以来の念願を果すべく角川文庫を発刊する。これまで刊行されたあらゆる全集叢書文庫類の長所と短所とを検討し、古今東西の不朽の典籍を、良心的編集のもとに、廉価に、そして書架にふさわしい美本として、多くのひとびとに提供しようとする。しかし私たちは徒らに百科全書的な知識のジレッタントを作ることを目的とせず、あくまで祖国の文化に秩序と再建への道を示し、この文庫を角川書店の栄ある事業として、今後永久に継続発展せしめ、学芸と教養との殿堂として大成せんことを期したい。多くの読書子の愛情ある忠言と支持とによって、この希望と抱負とを完遂せしめられんことを願う。

一九四九年五月三日

# 角川文庫ベストセラー

鹿の王　1
上橋菜穂子

故郷を守るため死兵となった戦士団〈独角〉。その頭だったヴァンはある夜、囚われていた岩塩鉱で不気味な犬たちに襲われる。襲撃から生き延びた幼い少女と共に逃亡するヴァンだが⁉

西の善き魔女1
セラフィールドの少女
荻原規子

北の高地で暮らすフィリエルは、舞踏会の日、母の形見の首飾りを渡される。この日から少女の運命は大きく動きだす。出生の謎、父の失踪、女王の後継争い。RDGシリーズ荻原規子の新世界ファンタジー開幕！

ゴーストハント1
旧校舎怪談
小野不由美

高校1年生の麻衣を待っていたのは、数々の謎の現象。旧校舎に巣くっていたものとは――。心霊現象の調査研究のため、旧校舎を訪れていたSPR（渋谷サイキックリサーチ）の物語が始まる！

つくもがみ貸します
畠中恵

お江戸の片隅、姉弟二人で切り盛りする損料屋「出雲屋」。その蔵に仕舞われっぱなしで退屈三昧、噂大好きのあやかしたちが貸し出された先で拾ってきた騒動とは⁉ ほろりと切なく温かい、これぞ畠中印！

ブレイブ・ストーリー（上）（中）（下）
宮部みゆき

ごく普通の小学5年生亘は、友人関係やお小遣いに悩みながらも、幸せな生活を送っていた。ある日、父から家を出てゆくと告げられる。失われた家族の日常を取り戻すため、亘は異世界への旅立ちを決意した。